莎乐美 著

天津出版传媒集团
天津人民出版社

图书在版编目（CIP）数据

进击少女希梨酱 / 莎乐美著. -- 天津 : 天津人民出版社，2015.8（2020.3重印）
ISBN 978-7-201-09459-5-01

Ⅰ. ①进… Ⅱ. ①莎… Ⅲ. ①长篇小说－中国－当代 Ⅳ. ①I247.5

中国版本图书馆CIP数据核字(2015)第171980号

进击少女希梨酱
JINJI SHAONÜ XILIJIANG
莎乐美 著

出　　版　天津人民出版社
出 版 人　刘　庆
地　　址　天津市和平区西康路35号康岳大厦
邮政编码　300051
邮购电话　（022）23332469
网　　址　http：//www.tjrmcbs.com
电子信箱　reader@tjrmcbs.com

责任编辑　玮丽斯
装帧设计　胡万莲　兜　兜　杨思慧

制版印刷　三河市华东印刷有限公司印刷
经　　销　新华书店
开　　本　660毫米×960毫米　1/16
印　　张　16
字　　数　177千字
版权印次　2015年8月第1版　2020年3月第2次印刷
定　　价　42.80元

目录 CONTENTS

楔　子

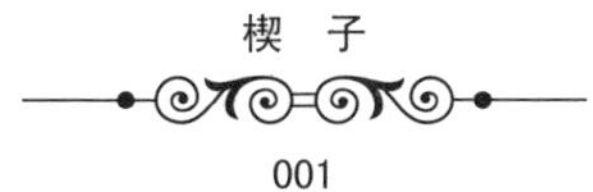

001

第一章

罗密欧式的深情告白

005

第二章

喂，学习起来吧

037

第三章

我喜欢的人不是那样的

061

第四章

吃泡面的美女

083

第五章

黑暗里的一道光

103

目录 CONTENTS

第六章

让人心乱的吻

125

第七章

一句我相信就足够

145

第八章

主人，求抱养

165

第九章

最珍贵的礼物

185

第十章

听从自己的心声吧

207

尾　声

我的小王子

229

楔子

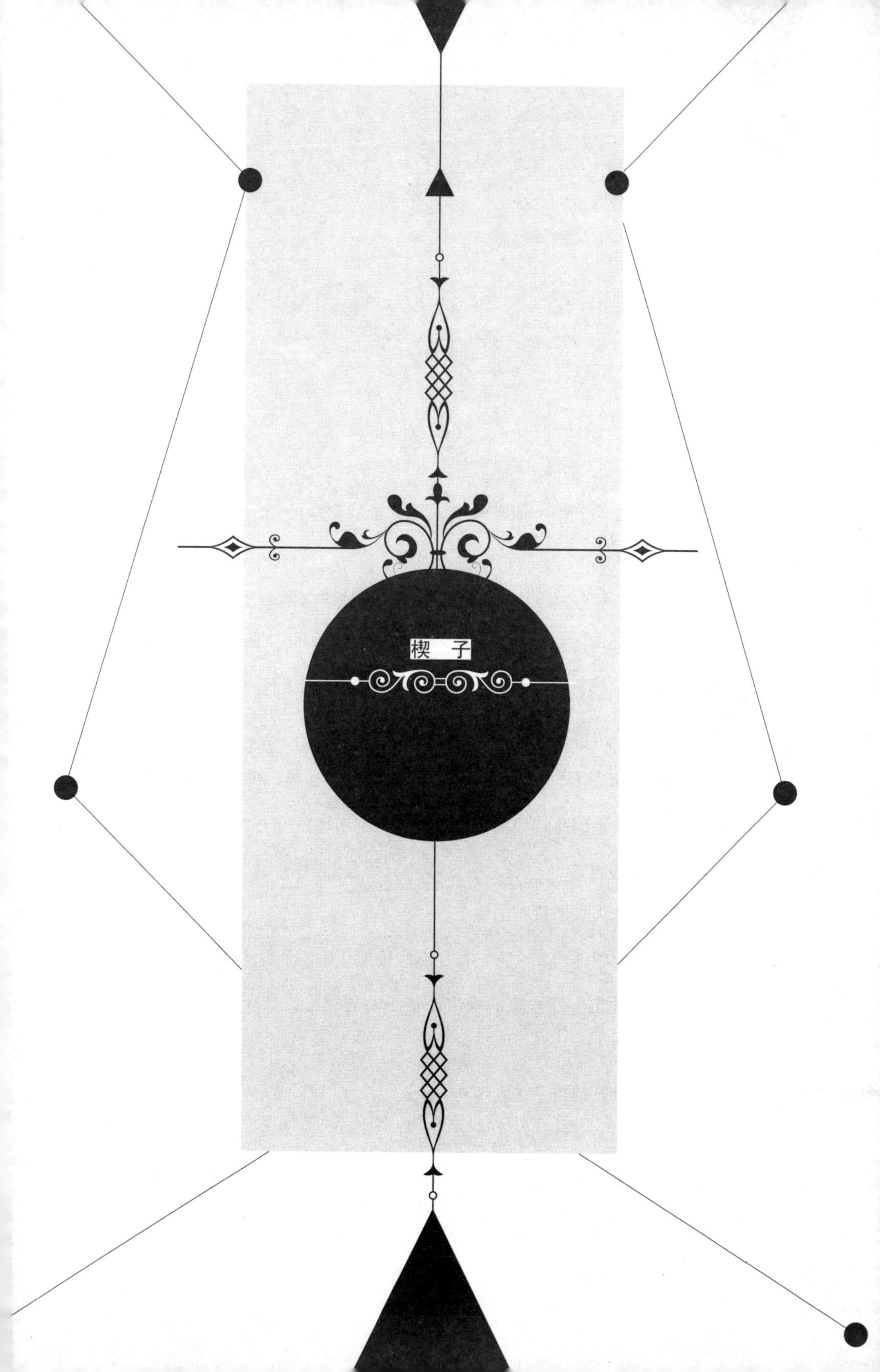

九月，阳光像火焰一般炙烤着大地。圣泉学院的校门口，一场小小的骚动正在形成。

而处于骚动中心的，是一个和周围学生格格不入的金发混血帅哥。

他看上去很高，和周围穿着统一校服的学生不同，他穿一身火红的篮球服，肩膀上斜挂着一个黑色的运动包，裸露在外的四肢线条流畅。他姿态随意，仿佛T台上走出来的时装模特。

周围经过的人不自觉放慢了速度，偷偷打量着他，间或和身边的同伴议论着什么，也因此，聚集在校门口的人越来越多……

而他却仿佛对这一切毫无察觉，一双碧蓝的眼睛正眨也不眨地看着前方，眼中隐隐闪烁着耀眼的光芒……

大家顺着他的视线看过去，却什么也没发现。

一个穿着他们学校校服的女生，正小心翼翼地搀扶着一个颤巍巍的老太太。

难道这个金发帅哥是在看她？

不，他们绝对不会相信这是真的！

要知道贝微微可是学校出了名的丑女，总是戴着一副丑爆了的阿婆眼镜也就算了，最重要的是，她还是一个体重超过了二百斤的大胖子，靠近三米之内，大地都会为之颤抖。

此刻，她身上那件加大号的校服正紧紧贴在她的身上，随着她走动间上下跳动着，仿佛下一秒就会崩裂……

试问，这样的人怎么可能会获得帅哥的青睐？

这样想着，众人都不约而同地松了一口气。

对，一定是我们的错觉！

一定是这样！

但是他们不知道的是，金发帅哥此刻定定地看着眼前的女生，想的却是：看来就是她了！

于是，在那个叫贝微微的女生从他身前经过的时候，他满意地看了看眼前的学校，点了点头。

The Vibrant Girl Xili

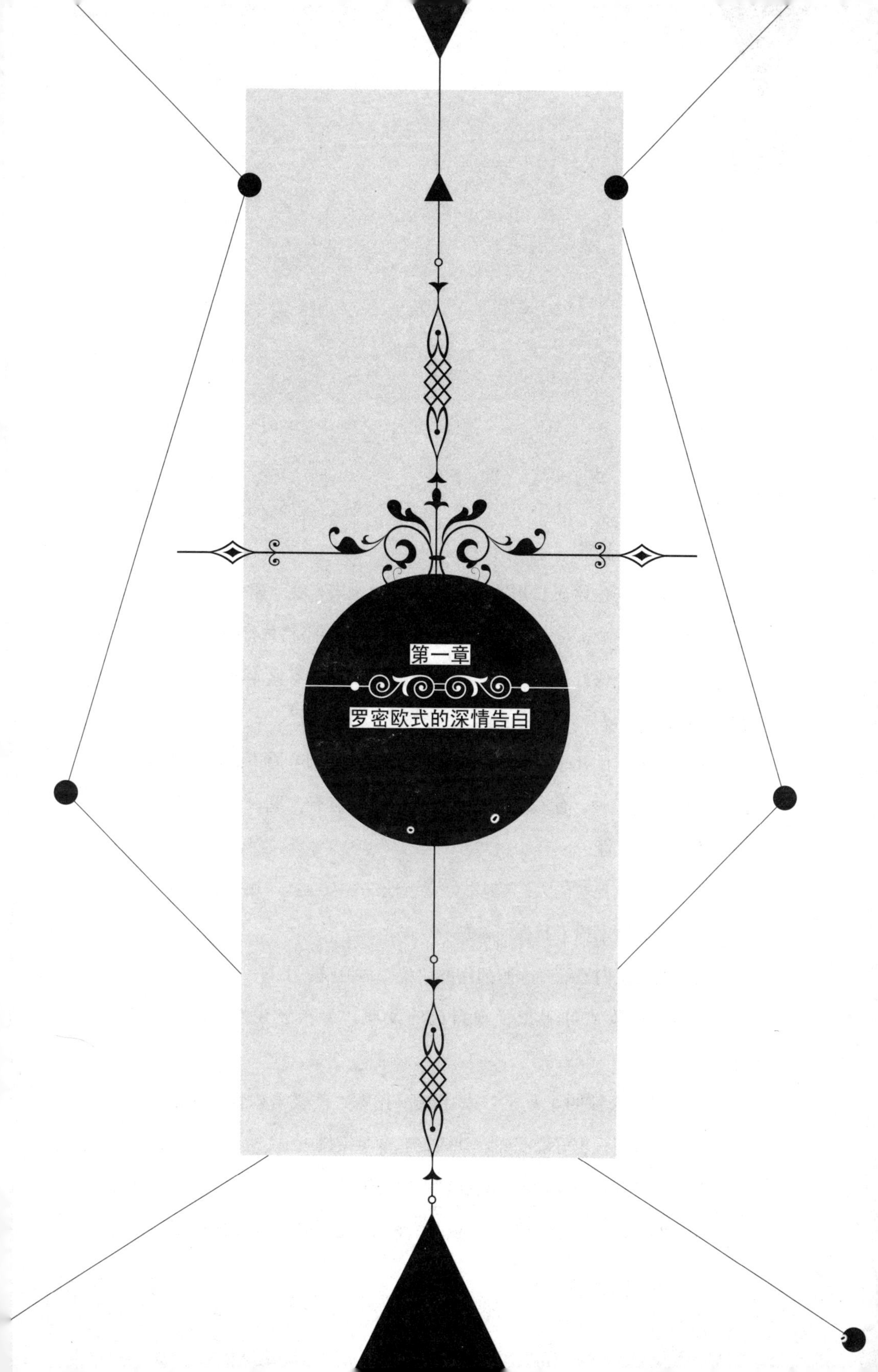

第一章

罗密欧式的深情告白

1.

早自习后，教室。

一个穿着杏色丝质长裙的女生正被人包围着，在一群穿着宽松短袖校服的学生中，她就是一朵开在沙漠中的花朵，显得格外打眼。

她的长发挽成好看的形状，白皙细腻的皮肤衬着原本就很精致的五官，显得越发动人。

奶油色的肌肤几乎看不到一个毛孔，弯弯的柳叶眉下，一双黑眸荡漾着如水般的柔波。此刻她正微微笑着，嘴角轻轻上翘，双唇散发出樱花一般的迷人光泽……

那个被她注视着的人,立刻不好意思地红了双颊：“呜，被小希这么注视着，真是太幸福了！”

周围的男生们已经是一脸的陶醉，就差跪地膜拜了！

叫希梨的女生伸手摸了摸自己的发尾，手指轻轻扫过脖子、锁骨……

立刻便有人惊叫了起来，女生双手托腮，注视着她惊叫了起来：“希梨同学的锁骨也好漂亮呢，让人好想伸手摸摸……”

于是，所有人的注意力便转移到了她的锁骨上……

只见漂亮纤细的脖子下方，横卧着两条漂亮的锁骨，此刻，那上面还挂着一条星月形的铂金项链……

“啊——”很快，人群中便发出了新一轮的惊呼声。

众人疑惑地回头，看向发出声音的那个女生：“怎么了？”

女生颤抖地指着人群中的希梨脖子上的项链，语气激动地说：“那款项链我前几天在时尚杂志上看到过，B家的最新款系列，还包括一条手链和一对耳环，价格好像已经上了七位数……”

“什么？”周围顿时一片抽气声。

“你说的同款手链，是希梨同学手上那条吗？”又有人颤抖着指向希梨的手臂，那里戴着的可不就是同一款手链吗？

有人已经在心中小小声算了起来：个十百千万十万百万……

嚇——上百万的首饰！

这对于他们这样普通的学生来说，毫无疑问已经是一笔可望而不可及的巨款了。

一时间，大家顿时忍不住小声议论了起来，羡慕有之，嫉妒有之……

少女满意地看着大家的反应，伸手轻轻转动了一下手上的手链，才微笑着回答道：“是吗？价格我倒不是很清楚呢！这是前段时间爸爸送给我的生日礼物，确实有一对耳环，不过学校不是不允许戴吗，我就收起来了。”

没错，我就是那个被包围的女生，我叫希梨，刚刚转到这所学校不久。

几个月前，我在原来的学校上学上得好好的，却突然被通知转到了现在这所学校。

至于原因……

“你也需要好好接受锻炼了！”这是我那个霸道的老爸的原话，也不知道他突然抽了什么风。

锻炼我什么？让我变得和他们一样寒酸吗？

只是一套首饰就大惊小怪的，要是告诉他们，在我家，单单是这样的首饰，在我的衣帽间就摆满了差不多三米长的展示柜，他们一定会疯掉吧！

虽然我对这所寒酸到了极点的学校各种不满，但是还好，这里起码还有一个最大的优点，那就是——我的美貌似乎带来了比在以前学校更大的反响。

虽然在我以前就读的学院，我也是万人瞩目的人物，高级优雅的代名词。哈哈哈……

“好漂亮，你戴着超好看的！”女生们看着我手上的项链，一脸的羡慕。

“是啊是啊，我们家小希戴什么都好看呢……”男生们看着我，也是一脸的痴迷。

……

大家你一言我一语地说着，很快，气氛便更加热烈了起来。

“小希，这个周末我们准备去爬山，你要一起来吗？”旁边一个男生突然邀请道。

“哎呀，人家不想弄得满身臭烘烘的呢！”

开玩笑，我才不要跟一堆臭男生去爬山。

汗味会破坏我身上的香水效果，作为男生心目中的大美女，我可不希望因为这点瑕疵而毁掉自己的形象。

“是呀是呀，你出的什么主意啊！”说话的男生立刻被人鄙视了，有人开始接着说道，“小希，周末我们有篮球比赛，你要不要来看？”

“真是对不起，也不行呢，爸爸说这个周末带我飞北海道钓鱼。”我无辜地蹙了蹙眉，朝他们摇头。

就不能来点儿有意思的活动吗？每次不是爬山就是足球、篮球……

这样一想，我便忍不住开始怀念起原来的学校。

贵族学校到底是贵族学校，起码在那里，男生们的活动不会显得这么贫乏，不说非得要射箭骑马，就算去打打高尔夫和保龄球也好啊！又帅气又有风度，哪像现在……

真是无聊透了。

唯一让人欣慰的大概就是，我的美女地位始终不曾动摇，反而好像还越发牢固了。

就好比现在，明明我只是轻轻摸了摸自己的发尾，周围已经立刻一片鬼哭狼嚎声。

“啊，小希！”

“太美了，我的心脏都快要跳出来了！”

“我们小希果然是三百六十度无死角零缺陷啊！”

“对啊，像是我们小希这样的女生，必须是北海道这样的地方才能配得上呀！”

……

我淡淡微笑着，坦然地接受着他们的赞美。

看来，他们果然需要一个人来膜拜，来增加他们的生活乐趣呢。

而我，就是他们心中的偶像。

哈哈哈……

2.

上课铃声响起，教室里渐渐安静了下来。

“砰——”随着一声闷响，一个黑色的东西突然从窗口被扔了进来。

我下意识回头，只见一个穿着白色球服的金发男生，正单手抓着窗户上方的横栏，像小飞侠一样灵活地跳了进来。

他一个矫捷的跳跃，随即身体微微倾斜着，从不算宽敞的窗户里“咻”的一声跳了进来，身体横越过窗户下方的那张课桌，最终稳稳落在了课桌之间的走道上。

简直……太帅了！

周围顿时一片口哨声，男生们顿时沸腾了，嗷嗷嗷大叫着：“好样的，哥们！”

“太帅了！”

“蜘蛛侠现身啊，兄弟！”

……

“多谢，多谢夸奖！”男生坦然地接受了大家的赞扬，单手贴胸，另一只手背在身后，朝着前后左右，分别行了几个标准的绅士礼。

同时，他捡起刚才被扔进来的黑色背包，随手甩到自己的肩膀上，视线便在教室里移动起来，像是在寻找着什么……

扫视一圈后，他的视线便定在了我的身上，双眸也立刻亮了起来。

此刻，我终于看清了他的脸……

真是……太帅了！

那是一张如希腊雕塑般轮廓分明的脸，笔挺的鼻梁上方，浓黑的剑眉之下，一双湛蓝色的眼眸如瀚海星辰一般，璀璨而又耀眼。

此刻，他正深情地看着我，漂亮的蓝眸中荡漾着深情的柔光……

他单手捧胸，一手在前，指向我的方向，深情道："哦——我亲爱的少女，从我第一眼看到你，你美丽的身影便如冬日里的阳光一般，瞬间温暖了我的心……我无时无刻不在期待着和你的再次相遇，时间仿佛在这漫长的等待中放慢了步伐，我迫不及待可是又无可奈何……"

他边说着边朝着我的方向走了过来，无视周围的一切喧嚣，这一刻，仿佛世界上只剩下了我们。

"咦？"我们之前见过吗？

没道理啊，如果是这么帅气的混血帅哥，我一定会有印象的呀！

我看着眼前的少年，忍不住心跳阵阵加速……

大家似乎也被男生这一连串的动作震住了，不自觉顺着他的动作移动着视线。

虽然有一个这样的爱慕者，看上去很有面子，但是……我希梨可不是那种随随便便就能被人追上的女生。

这样想着，我便顿时从刚才那短暂的惊艳中回过了神来。

"亲爱的……"

正好此时，他已经走到了我的身边，我清了清嗓子，再次伸手抚顺了自己的发型，抬手打断了他的话："你不用说了，虽然你的行为让我

很感动，但是我并不打算在大学的时候就找男朋友！但是，还是要谢谢你！”

为了表示感谢，我甚至还弯了弯腰。

可是，混血帅哥却并未因此而停步，反而越过我，停在了旁边的座位前，单膝跪地道：“亲爱的女孩，你能接受我的告白吗？”

……

周围一片死寂。

“我……我是不是搞错了什么？”我半弓着腰，茫然地看着眼前的这一切。

半晌，教室里传出了众人难以置信的惨叫声：“什么？”

“这一定是在开玩笑吧？”

“爱的是贝微微啊，我不信！”

“一定是我今天睁开双眼的方式不对！”

……

我也不信！

我僵硬地回头，看向自己身后……

只见那个金发蓝眸的混血帅哥，此刻正停在我身后那个被卡在座位里的巨大胖子面前，一脸深情地看着她，等待着她的回答……

我顿时只觉得一阵气短，整个人都差点儿栽倒。

这个世界……是要疯了吗！

而被他凝视着的那个胖子——贝微微，此刻正垂着头，巨大的身体微微颤抖着，连带着课桌都开始震动了起来。

她裸露在外的脖子渐渐开始变红，也不知道是害羞还是害怕……

我看着眼前这一幕，第一次觉得自己的世界观受到了挑战。

“所以说，他刚才的告白真的都是对着那个胖子说的？”我碰了碰一旁同桌的手臂，还是不愿意相信。

直到对方同样呆滞地点了点头：“真的！”

啊啊啊——我要疯了！

我现在是被贝微微比下去了吗？

贝微微啊！怎么也没想到我居然有一天，会在大庭广众之下表错情，而对方的表白对象居然还是贝微微！

我——不——服！

要知道，贝微微可是学校里公认的丑女，穿着土气也就算了，还总是低着脑袋，如果不仔细看，简直就像是一块移动的肥肉！

虽然她每次考试都是第一名，虽然她总是被老师表扬，但是那又怎么样？

大家还不是避着她，还不是什么活动都不喊她参加，还不是会背后喊她丑女。

这样想着，我忍不住再次轻轻摸了摸我的发尾。

可是，再次看向面前的男生时，我却还是忍不住怀疑起来：“这个世界上难道真的有人是不在乎外表的？”

但是很快，我便推翻了这个想法。

开什么玩笑，这个世界上怎么可能真的有这样的人存在？

我一定是被刺激到了，才会产生这样的想法！

瞧，不仅是我，所有人都不相信眼前的一切好吗？

“他在恶作剧吧？”

“嗯嗯，一定是！怎么可能有人真的会喜欢贝微微那种胖子！”

“但是这样的玩笑好像有点儿伤人呢……”

“贝微微好像都快要哭出来了。”

“不过不管是不是玩笑，居然有男生能抗拒希梨的魅力，还真是稀奇呢！”

听到自己的名字被提及，我下意识挺起了胸膛，装作什么都不在意的模样。

但是，她们的下一句，却让我更加生气了……

“这不很好吗？这样我们就又有希望了。”

我……

我狠狠握紧了拳头，看向一旁笑容如阳光一般绚烂的男生……

臭小子，都是因为你！我记住你了！

同学们还在不断碎碎议论着，教室里“嗡嗡嗡”响成一片，最终，还是班主任老师的出现结束了这一切。

和她一起出现的还有一个高瘦的褐眸帅哥，他五官精致，剑眉星目，皮肤白皙细腻，犹如从神话故事中走出来的精灵王。

刚刚平静下来的教室再次掀起巨浪，女生们心中的小情绪，几乎要把整个教室都变成了粉红色。

“哇，好帅！”

“今天到底是怎么了？为什么我们班会同时出现两个颜值这么高的帅哥？”

“难道是老天爷终于听到了我的祈求，让帅哥们来拯救我那被丑男所伤害的眼睛了吗？”

“丑女，你说谁丑男呢！”

“谁承认就是说谁！”

“你……”

“难道他们就是传说中的转学生？”

“有转学生要来吗？我怎么不知道……”

“完了，这种好像突然中了五百万的兴奋感是怎么回事？”

“啊，我要晕倒了，谁来扶我一把？”

……

“好了，安静，大家安静一下！”等了半晌，不见大家安静下来，反而越发嘈杂后，班主任终于忍不住开口了，她拍了拍讲台，笑着说道，“我知道你们看到帅哥都特别激动，老师今天也特别激动……”

教室里顿时笑声一片，班主任老师再次拍了拍讲台，招手示意台下的金发男生上台后，才轻笑着接着说道：“但是，我们得先安静一下，起码要先知道这两位从国外回来的帅哥们的姓名，才好增进同学之间的友谊对不对？”

“对！”女生们立刻笑着齐声应和道。

教室里终于安静了下来，班主任转身对讲台上的两个帅哥说道：“好了，你们俩简单做一下自我介绍吧！”

“大家好，我叫克里斯，刚从国外回来不久，台上这个家伙是我的好哥们，我们是一起回来寻找我的真爱的。”刚刚从窗口跳进来的那个金发帅哥鞠躬说道，说完还不忘看向贝微微的方向再次表白，“美丽的公主，请接受我的表白！”

“哇——居然是真的！”教室再次掀起了热浪。

“呜呜……我的心已经碎了！”有女生已经捧心，卧倒。

原来他叫克里斯！不过……

我回头看向身后的贝微微，却见她一颤，顿时整个人畏缩得更加厉害了。

这个家伙难道真的喜欢贝微微？

随即开口的是精灵王般的褐眸少年，他身上穿着一件白色衬衫搭配咖啡色七分短裤，牛津鞋，衣服上不见一丝褶皱，整个人看上去和他的外表一样冷淡而一丝不苟。

他看了一眼台下，冷淡地说道：“大家好，我叫安辰禹，请多多指教。”

简单利落，和克里斯似乎是完全不同的性格呢。

短短的一瞬间，教室里再次沸腾了。

3.

克里斯和安辰禹的加入顿时让班上陷入了一种前所未有的涌动中。

从第二天开始，班上的气氛便明显不同了。

女生们看上去似乎也比平常漂亮了许多，眼神似乎也柔软了，就连原本总是一成不变的校服也渐渐开始有了改变。

然而引起这变化的两人却似乎对此浑然不觉，仍旧每天该做什么做什么。

“Hello，亲爱的微微，请往这边看过来……”每天课后的助兴小节目又登场了。

我循声回头，果然看到克里斯又兴致勃勃地朝着我的方向走了过来。

这段时间，克里斯每天都像个跟屁虫一样跟在贝微微的身后，以各种让人觉得匪夷所思的方式取悦着他心中的“她”，虽然每次对方都无动于衷，但是他也仍旧毫不气馁。

我回头斜睨向身后的人，果然对方仍旧死死地盯着自己面前的课桌，仿佛要把桌面烧出个洞来似的。

周围的同学已经自发地聚拢看戏，而作为男主角的克里斯却似乎一点儿也不在意贝微微的沉默。

他漂亮的蓝眸中闪烁着兴奋的光芒，双手小心翼翼地背在身后，准备给对方一个惊喜……

上上次是从指间开出花朵的魔术，上次是贴着玫瑰印泥的情诗，而且还是以十四行诗的形式，虽然他最终念出来了，却没几个人听懂……

至于我为什么知道是十四行诗？

当然是胆小鬼贝微微事后在我背后碎碎念叨的时候，我听到的。

不过……

我忍不住有些好奇，这次会是什么呢？

“他手里捧着什么？”

“好像在动呢！”

“动物？”

……

隐隐有细碎的议论声入耳，此时克里斯已经走到了贝微微的面前，他蹲在桌边，下巴靠在课桌上，侧头看向仍旧一脸羞涩的女生，顿时又引起了一阵骚动……

“嘶，靠这么近，看到那个丑女他难道不会难受吗？”

“是啊！难道他真的喜欢贝微微？”

“不是吧，贝微微啊！”

“可是……呜呜……他现在的表情好温柔……”

“如果他喜欢的人是我，我愿意变丑十倍，不……一百倍！”

……

克里斯像是没有注意到女生们的骚动似的，仍旧一脸深情地看着眼前的女生：“微微，我今天找到了一个很可爱的东西，送给你好不好？”

贝微微的脑袋终于抬起了点儿，她快速扫了他一眼，露出来的半张脸便渐渐涨红了，却始终不曾开口。

哼！装什么？

我在心中愤愤不平地想着，等着看好戏！

克里斯终于拿出了藏在背后的双手，然后小心翼翼地在桌面上摊开，下一秒，一个灰色的毛球便立刻从他的手中蹿了出来……

“啊——”一时间地动山摇，周围好几张课桌都遭了殃，大胖子贝微微被吓得从座位上跳了起来。

一时间，克里斯呆住了！大家也呆住了！

好吧，我也惊呆了！

然后……反应过来的同学们便忍不住哈哈大笑了起来：“噗，哈哈，大象女贝微微怕仓鼠！”

而克里斯，他看上去很受伤！

受伤的克里斯在刚才贝微微跳起来的瞬间，反射性地伸手捧住了他的仓鼠，此刻正一脸忧郁地看着贝微微，漂亮的蓝色眼眸中沮丧的泪几乎要溢出眼眶……

“你不喜欢仓鼠吗？我还用你和我的名字给它取了个名字呢，她叫贝斯，你看看她，她很可爱的……”克里斯说着，再次小心翼翼地将手中的小家伙往前伸了伸……

“噗……”

原谅我，贝微微是什么反应我真的没注意到，不过我已经彻底笑翻了！

“贝斯？亏你想得出来，你怎么不取名叫吉他啊！哈哈哈……”

哎哟，不行了，我的形象呀！

还好大家也都在狂笑，根本没有注意到我。

“这个名字不好吗？”克里斯一脸茫然。

“好，太棒了，真的！”

不行了，我要找个地方安静地笑一会儿。

虽然克里斯再次闹了笑话，但是他的行为也渐渐让女生们意识到他到底有多认真，对贝微微到底有多钟情……

渐渐地看热闹的心情淡了下去，更多的却是不可思议：“果然，外国人的审美就是不一样呢！”

而这之后不久，贝微微也从最开始的畏缩害怕，变成了欲拒还迎……

这个超级大胖妞仿佛一夕之间，随着爱情的到来而渐渐绽放了，开出一朵硕大的花来。

只是，哪怕是这样，我还是不愿意相信眼前的一切是真的。

“我不相信！”

除非他是瞎了，否则怎么可能无视像我这样优雅高贵的大美女，却喜欢上一个其貌不扬的胖女孩呢！

“一定是哪儿出错了！”

对，这一定是他为了获得我的注意力的方法！

当时我不是拒绝了他吗，他一定是怕丢脸，所以才会顺势向我身后的贝微微告白的，他一定是想引起我的注意。

一定是这样！

所以只要我稍微一示好，到时候他肯定会踹掉那个胖子，飞奔回我的身边的。

这样想着，我的心里才稍微好过了点。

课间，我照旧被一堆男生包围着，听着他们的赞美……

“小希你以后都这么打扮吧，我最喜欢看你像今天这样把头发放下来、穿上长裙的样子了……”

“我们小希怎么样都好看……”

“小希，你今天头上戴的这个发箍真好看，特别适合你……”

“是吗？”我轻笑着，伸手抚了抚自己的发尾，心不在焉地回答道。

我要怎么样不动声色地暗示克里斯，他才会懂呢？

“当然是真的！”男生们异口同声地回答。

我被他们突然的大声说话吓了一跳，好一会儿才回过神来，想起他们到底在说什么。

不过，如果是眼前这群男生的话，大概就算我穿得破破烂烂的，他们也会说好看吧！

“是吗？谢谢你们……”大概是我眼中的不以为意太明显，男生们顿时躁动了起来。

正好克里斯这个时候朝着这边走过来，一个男生顺势抓住了他的手臂，说道：“克里斯也在这里，反正他喜欢的是贝微微，肯定不会说谎的……”

我心头一跳，下意识看向克里斯的方向，却见他手中正拿着一个精致的小盒子，听到别人提及自己的名字，此刻正一脸莫名地看着那个男生：“发生了什么？我不会说谎什么？”

“你不是喜欢着贝微微吗？”

“对啊！”

提到贝微微，克里斯连眼神都变亮了！

我忍不住咬了咬牙。

“那你现在实事求是地告诉小希，她今天戴这个发箍好不好看？”男生们指着我说道。

克里斯看了看周围的男生，又看了看我，好一会儿才认真地点头说道：“好看！”

我忍不住心中一跳，心跳骤然快了几拍。

哼，我就说，本小姐这么漂亮，他怎么可能无动于衷！

男生们脸上也露出了满意的笑容，仿佛被夸奖的人是自己似的。

“谢谢。”我矜持地压了压下巴，微笑着朝他点了点头。

难得的机会，我正想努力找点话题，克里斯却已经推开我身旁的男生，上前一步……

他那双漂亮的蓝色眸子眨也不眨地凝视着我，我甚至可以在他的眼中看到自己的影子，只有我的影子。

我瞬间感觉到了自己的心跳在加速……

克里斯在我的身旁坐下，一副打算详谈的姿势，他看了看我头顶的发箍，嘴角微微翘起，连眼中都带上了笑意：“你戴这个发箍真好看，你在哪儿买的？”

“啊？”我顿时愣住……

所以说，他这是……在努力找话题吗？

哼！果然是我想的那样，他一定是不愿意就此失去这么难得的和我搭话的机会。

想到这里，我顿时心情大好。

我轻笑着摘下了头上的发箍，捏在手中轻声说道：“其实就是在我常去的一家头饰店里买的，你喜欢？”

克里斯点了点头，湛蓝色的双眸中光芒更加闪耀了：“对啊！你在哪儿买的？”

男生喜欢发箍，而且问女生在哪儿买的什么的，果然……他这是在努力创造话题啊！

然后就可以顺势约时间一起去购买，之后再趁机送给女生，表达爱意什么的……

哈哈哈……一定是这样！

我原本已经忍不住开始动摇的自信心，终于再次回归。

我就说嘛，这个世界上怎么可能有人真的喜欢丑女，而忽视我这种大美女的。

虽然他吸引我注意力的方式有点拙劣，但是……

好吧，他成功了！

“要是你喜欢的话，有时间我可以带你去，那里我很熟悉的……”我微微笑着。

我都已经暗示得这么明显了，他肯定听明白了吧，下一步，他肯定会立刻将贝微微那个胖妞甩到一旁了吧。

果然，克里斯很快便笑着点头答应了：“那真是太好了！小希，你真好！”

我还来不及开心，他的下一句话却让我瞬间从高空直跌入地狱……

“太好了，如果我买来送给微微，她一定会很喜欢的。”

所以说，他刚才的赞美与追问，都是为了……贝微微？

啊啊啊——

如果可以，我现在真的很想冲上去掐死他。

但是我不能，看着周围男生们齐刷刷的眼神，此刻哪怕我内心已经快要发狂了，表面却还是要装作一脸善解人意的样子，微笑着对他说：“你真体贴，她一定会被你感动的！”

“噗——”

谁？谁在笑我？

我看向一旁，只见一旁的座位上，几个女生正围在一起看着什么，嘴里还念念有词……

“真是虚伪呢！”

“明明脸上的表情都扭曲了，偏偏还要装作一脸不在意的样子。”

“谁叫人家是偶像呢！偶像可是不能生气的！”

“被一个不如自己的人比下去，如果是我，也会生气啊！”

“不是不如，完全就没可比性好吗。”

“正是因为这样才越发让人发狂呢！你没看到她眼睛都冒火了吗？”

……

“你们在说什么？”我忍不住深吸了一口气，抬高了下巴看向她们。

别生气，希梨，你现在不能生气！

你可是气质高贵的淑女，怎么可以跟这些庸俗的女生计较，计较你就输了！

我不生气，我不生气，我不生气……

在心中默念了十遍“我不生气”，我终于再次扬起了笑容看向她们。

“啊？你在跟我们说话吗？”女生们抬头看向我，其中明显为首的一个长发女生，指了指自己，随即笑着晃了晃手中的手机，“我们在说视频里的那个恶毒女配呢……”

我这才看清她们手上抓着一部手机，正在看什么电视剧。

但是我可以肯定，她们刚才讨论的根本就不是什么视频，而是在指桑骂槐地嘲讽我。

哼，我早就知道她们一直在嫉妒着我！

长得没我漂亮，家里又没我家有钱，平日里总是凶巴巴的，也没有男生愿意靠近她们，所以她们就看不惯我的一切……

下一秒，那个女生却像是突然意识到什么似的，一脸夸张地捂住了嘴，惊呼道：“哎呀，对不起，我们真的不是在说你！”

“没关系，我知道你们不是在说我。”

我伸手轻轻抚顺了裙子上的皱纹，朝周围一脸担忧的男生们微微一笑……

没事，我才不会生气。

不过……

啊啊啊——好生气！好想撕烂那几张可恶的脸！

4.

贝微微那个没用的家伙！

不过才这么几天时间，她居然就彻底被克里斯的热情所征服，两人甚至开始高调地在一起了。

就像此刻，升旗仪式还没开始，大家站在一起闲聊着，我正微笑着给身旁的女生们讲解着如何分辨各类宝石的好坏，突然发现队伍后方开始骚动起来……

“发生什么事情了？”我看着贝微微从队伍中隐隐露出的脑袋，微微皱了皱眉。

有从后面回来的同学解释道：“好像是克里斯给贝微微准备的惊喜……”

又是他们！这才几天时间，我已经看到几场表演了。

说话间，原本围在我周围的几个女生立刻转身往后走去……

我深吸了一口气，努力平复下心情，才微笑着对身边剩下的女生们说道：“对了，我们刚才说到哪儿了？”

可是，根本没有人回答我的问题，大家此刻的视线都集中到了队伍的末端。过了一会儿，一个女生才回头对我说道：“小希，我们先去看看那边怎么回事吧，关于怎么分辨宝石的问题，我们下回再说！”

说完，她不等我回应，便朝着人群集中的方向走去，然后……大家便都跟过去了，只留下我一个人，孤零零地站在队伍的最前端。

“咯吱——”我狠狠咬牙，看向队伍的末端。

这还是我第一次这样被中途撂下，也是我第一次从女主角的位置上被人甩下来，而对方居然还是一个丑女，而且还是一个胖子。

简直是——奇耻大辱！

我就不信了！

“哇——”人群中发出整齐的惊叹声，我忍不住回头，朝人群聚集的方向看去。

“好浪漫……”

“哇，好羡慕，什么时候也能有个帅哥为我做这样的事情就好了！”

……

耳边充斥着女生们的感叹声，我忍不住往队伍的末端走去……

我倒要看看，克里斯又为那个丑女做了什么？

在平日里总是喜欢黏在我身边的两个男生的帮助下，我很快便走到了人群的中央。

此刻，人群中央的贝微微手中捧着一个精致的盒子，还捧着一束花，正哭得稀里哗啦的，那画面实在是不怎么美妙。

我忍不住皱了皱眉，问身边的男生："她怎么哭了？"

"感动的。刚才听她对克里斯说，好像是这么多年以来，在学校第一次有人记得她的生日……"

"好可怜……"

这就是丑女的悲哀啊，连过个生日都没人记得。

"有什么好可怜的，如果有个帅哥这么费尽心思地为我准备生日礼物，我宁愿之前都没同学记得我的生日。"听到我的感叹，旁边突然传来一个女生尖细的声音。

"哎呀，克里斯真是太专情了！"

我忍不住看了她一眼，这也太现实了一点儿吧！而且……

"好好的生日礼物干吗不在教室里给，非要等到准备升旗的时候，浮夸！"

有女生立刻不满地反驳道："你知道什么！要是直接带到教室里，那还叫惊喜吗？人家克里斯那才叫用心，我刚刚看着他从校门外抱着礼物跑过来的，哼！"

"好好好，我不知道！"

我就不明白了，眼前这些女生都是着魔了吗？

克里斯用心的对象又不是她们，她们用得着这么激动吗？

等等，现在不是关心这个的时候，就算他的审美真的与众不同，我也认了。

但是现在，他不仅无视我的存在，还让我中途被人撂下。这就不对

了。

我希梨一定会找回自己的主场的……

下一秒，人群中再次发出了惊叹声。

我闻声抬头，只见克里斯正抬手温柔地擦拭着贝微微脸上的泪珠，脸上的表情无比温柔与专注。

“哇——好温柔……”

“啊——真是让人受不了了！”

我转身往外走去……

那天回家以后，我纠结了一个晚上，终于想出了一个可以让我顺利找回主场的办法。

到时候，我只要好好展示自己的优势，就一定会再次成为众人的视线焦点的，哈哈哈……

我以最快的速度筹办了一场迎新主题派对，派对地点定在我经常去的一家超五星酒店的宴会大厅，届时会有专业的工作人员负责场地的布置和设计。

派对当天，我请了专业的设计团队为我设计形象。

当一切结束，我看着出现在镜子中的那个天使一般美丽的女生，几乎瞬间爱上了自己……

设计师目瞪口呆地看着我，连连赞叹：“真是太美了！这是我这么多年来，设计的最完美的形象，简直太完美了！”

“希梨小姐，您真是太漂亮了！”

“像是女王，您一定会成为今天的焦点的！”旁边的助理们也纷纷赞叹道。

镜子里的女生的一头长发被挽成了好看的花冠状，头顶戴着一顶闪闪发亮的钻石王冠，精致的雾面妆让她看上去像个漂亮的瓷娃娃，裸金色的及地长礼服完美地修饰着她的身材，搭配上脚上的金色高跟鞋和她手上拿着的同色系手包……

她整个人看上去就像是从时尚杂志中走出来的封面女郎。

哼，我就不相信，这样还有人不被我吸引。

跪地臣服吧，没眼光的克里斯！

“谢谢你们，我很满意！”我伸手抚了抚裙摆，恰到好处地弯腰向他们致谢。

司机送我到酒店门口的时候，派对已经快要开始了，大家也都差不多到场了。

当我缓步走进宴会大厅的时候，周围顿时安静了下来！

我满意地看着大家的反应，缓缓扫视全场，在男生们惊艳的眼神中，缓步前进……

哼，愚蠢的人类，都拜倒在本小姐的脚下吧！

今天，我才是女主角，唯一的！

很快，我便被殷勤的男生们包围了……

“小希，你今天这样看上去真漂亮，好像一个天使。”

“太漂亮了，小希，你是我见过的最漂亮的女生，没有之一。”

“小希，做我的舞伴吧……”

“小希，和我跳第一支舞吧。”

……

我满意地享受着被众人包围的感觉，这种感觉……真是太美妙了！

“谢谢大家的夸奖，我去去就来！”我轻笑着摆脱了那群男生，转身往角落走去。

奇怪，克里斯他们还没来吗？

正这样想着，宴会厅大门的方向便再次传来了骚动……

“哇——是克里斯和会长！”

“他们怎么可以每次都这么帅？”

“我的心……哦，安辰禹会长，我爱你！”

……

对了，安辰禹他们转校的时候，正好碰上了学生会的换届选举，没想到他居然全票通过了学生会的选举，成为了新的学生会长，也是历年来最有人气的一个。

我下意识靠近了几步，只见穿着黑色礼服的克里斯和安辰禹一起出现在了大厅门口。

他们原本就身材高大，长相俊美，被贴身的礼服衬托着，此刻就像是两棵挺拔的小白杨一般伫立在门口……

两人一个内敛一个外放，一个热情一个冷淡，此刻虽然穿着相似款型的礼服，给人的感觉却完全是两个极端……

克里斯像是时尚杂志上走下来的阳光潮模，而将礼服里面的复古衬衫一丝不苟地扣到最上面一格的安辰禹，却像是一个从古堡中走出来的城堡主。

周围一片吸气声，然而随之出现的身影却将这美好的画面变成了灾难……

已经圆成一颗球的贝微微被紧紧包裹在一身白色礼服中，她不自在地小跑着追了上来，边跑还一直用手拉拽着礼服的下摆……

我忍不住闭了闭眼……

真是看不下去了，怎么会有女生能够忍受自己的身体被糟蹋成这样？

我再次睁开双眼的时候，只见贝微微垂着头，局促不安地站在原地，而克里斯却突然伸手握住了她的手，在她的耳边说了一句什么……

贝微微脸上顿时露出一个呆呆的笑容来，耳朵尖也渐渐弥漫上红色……

我刚刚在其他男生那边找回的好心情，顿时再次跌落……

还好，并不只有我一个人看不惯贝微微这样的装扮……

“天啊，简直看不下去了！”

“真是丑人多作怪，丑就算了，穿成平常那样不就好了，还弄成这样，故意恶心我们吗？”

“她是不是以为克里斯喜欢她，她就真的是女神了？”

……

众人的嘲讽声让贝微微原本涨红的双颊，迅速苍白，她硕大的身躯微微颤抖着……

克里斯在一旁小声地安慰着她，可是毫无用处。

虽然这样很不厚道，但是我的心情瞬间好转……

哈哈，现在这种时候，就是主角该出场的时候了！

我提着礼服下摆，走到了他们的面前，犹豫了几秒，伸手拍了拍眼前的胖妞……

“别难过，她们只是……”嫉妒你。

结果话还没说完，贝微微已经冲了出去。

我茫然地伸着手站在原地，看向一旁的克里斯：“我……”做错什么了吗？

话还没说完，克里斯也跑了出去：“微微，等等我！”

一阵风刮过，我顿时觉得整个人都不好了！

你们知不知道今天的宴会目的？是为了找回我的女主角地位！

那么请问你们这种在男女主角之间才会上演的戏码是怎么回事？

啊啊啊——我快要被他们俩逼疯了！

但是在众目睽睽之下，我却只能强忍住咬牙的冲动，轻轻咬了咬嘴唇，一脸无措地看向旁边唯一还留在原地的人，楚楚可怜地说道：“我……是不是做错了什么？”

安辰禹看着我，粗框眼镜的镜片后闪过一道莫测的光芒，他伸出手指顶了顶眼镜，面无表情地说道：“没有。”

我刚刚松了口气，却听到他又接着说道：“只是感情的世界，容不下第三个人而已！”

说完，安辰禹再次颇有深意地看了我一眼，从我身边经过……

我只觉得他的话像是一把尖刀，直接插在了我的胸口，顿时血流如注。

你们这群坏人，我不会认输的！

我忍不住咬了咬牙，再深吸了口气，转身继续面对着身后的众人，带点歉意又带点遗憾地耸了耸肩：“真是糟糕呢！我好像帮倒忙了！”

"呜呜……我家小希最善良，是他们不知好歹。这是他们的错。"立刻有人握拳对我说道。

"没错，小希别伤心，不是你的错！"

"小希别自责，我们会永远支持你的！"

"小希，我们永远爱你！"

……

这样的气氛才是正常的嘛！

我点了点头，朝着他们露出一个释怀的笑容："谢谢你们，有你们的安慰我心里舒服多了。"

之后的整个派对中，克里斯一直紧紧跟在贝微微身后，好像他离开一步她就会不见了似的。

中途，我有好几次试图和他说话，引起他的注意，却每次都被他无视了。

简直……可恶啊！

最可恶的是，在最后的一个环节，当被问到谁是今天最可爱的女生时，其他被抽到的男生的回答都是："希梨。"

只有克里斯，那个可恶的家伙居然回答："贝微微。"

啊，简直气死我了！我居然又一次输给了那个丑女！

这个环节是我特别设计的环节，通过投票的方式，最终会分别产生一个"最可爱女生"和一个"最帅气男生"。

虽然最终的结果和我预期的一样，"最帅气男生"是克里斯，"最可爱女生"嘛，当然是我啦！

但是因为克里斯刚才的回答，等到我们上台领奖的时候，该死的主持人居然问我："希梨同学，请问你对于我们全场最帅气的男生选择的最可爱的女生不是你的事实，有什么想法呢？"

该死的！这是什么乱七八糟的问题？

但是表面上，我却还是要装作一脸不在意地朝大家微笑，朝克里斯那个没眼光的人微笑……

"对于这个问题，我并不觉得自己应该有什么想法……毕竟，每个人对于可爱的定义都是不一样的，不是吗？克里斯同学觉得微微比较可爱，也一定是因为微微有什么让他印象特别深刻的地方吧……"

台下顿时响起了如雷的掌声，男生们号叫着呼喊着我的名字。

我轻笑着朝他们挥了挥手，下面立刻更热闹了！

哼，就算他认为贝微微最可爱又怎么样，大家的眼睛是雪亮的。

主持人继续说道："不愧是大家心目中的偶像，希梨同学说得真是太好了！"

"谢谢夸奖。"我再次点头微笑。

"那么，现在，请我们今天的最帅气男生拥抱我们的最可爱女生吧！"主持人按照原计划说道。

可是我却一点也不觉得开心，尤其是看到克里斯那人居然一脸为难，还下意识朝着台下那个身影看过去的时候……

哼！本小姐才不稀罕你的拥抱！

我会用自己的方式找回我的女主角地位的……

我伸手从主持人手中拿过话筒，对着台下微笑着说道："我想要将这个拥抱的机会让给台下的一个女生，那个人就是……"

"哇——"女生们立刻兴奋地尖叫了起来。

我看了看一脸莫名的克里斯，既然你那么喜欢那个丑女，那就让你拥抱个够吧！

哼！

“那个人就是……贝微微！”我轻笑着看向台下那个肥胖的身影，将手伸向了她的方向。

然后，我将手中的话筒还给主持人，在男生们兴奋的狼嚎声和女生们失望的哀叹声，以及贝微微茫然的视线中，缓步走下舞台。

舞会结束，等到大家都离开了以后，我忍不住冲到楼梯间尖叫了起来：“啊，气死我了！什么叫我有什么想法，我当然有想法，克里斯那个没眼光的人，居然每次都因为那个丑女无视我！”

“可恶的克里斯，你给我等着，我一定会让你后悔的！”

骂完以后，我还是觉得不解气，忍不住提起裙子狠狠踹了楼道上的垃圾桶两脚。

等到好不容易发泄完，我才整理好发型，抚平裙子上的褶皱，挺胸抬头从楼梯间走出去……

可是下一秒，在看到站在走道上的那个身影时，我顿时整个人都僵住了！

安辰禹单手插在口袋里，应该是刚刚洗过脸，他脸上和额前的头发都湿漉漉的，此刻他礼服衬衫的扣子也解开了两颗，整个人看上去少了几分冷峻，却多了几分邪肆……

“你……都听到了？”

他不知道已经站了多久，见我出来，他嘴角扬起一个恶意的坏笑，才重新提步往前走去：“你继续！我只是刚刚去了一趟洗手间，马上就

走了……”

等到他消失在楼梯间，我才回过神来……

他一定都听到了！

“呜呜呜……老天爷，为什么你要这样玩我？”

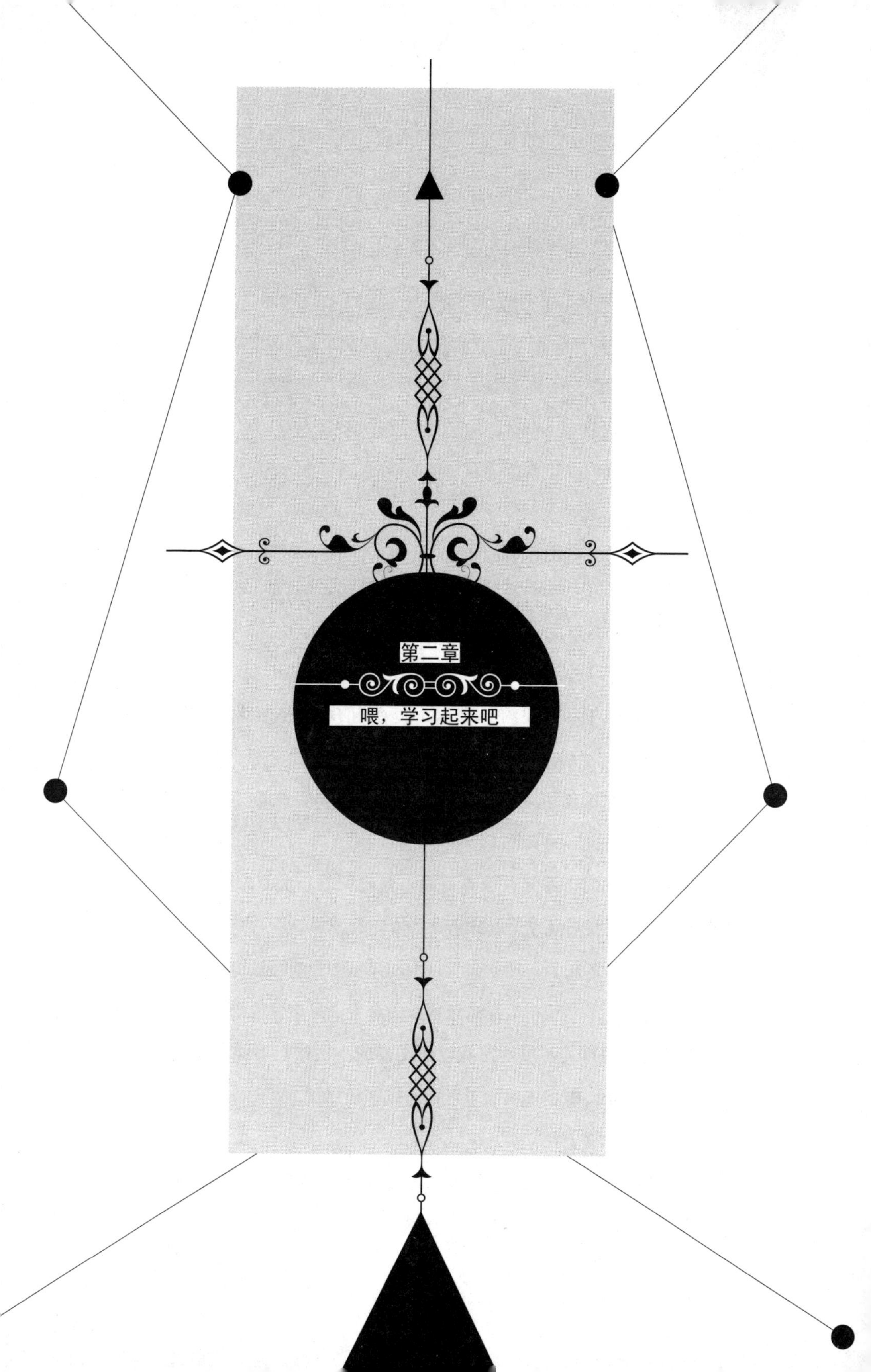
第二章
喂，学习起来吧

1.

商场，我常去的那家奢侈品店内。

“这件，这件，还有这件……通通都帮我包起来！”我随手从衣架上拿了几件还算看得过去的衣服，扔给身后的店员。

最近真是倒霉透了，我需要购物才能消减心中的火气。

所以周日上午，我便约了转学后新交到的这群小姐妹出来疯狂购物了！

“小美，你说我穿这件好看吗？”我又一次从衣架上拿了一条渐变色的蓝色长裙问身后的女生。

“好看，我们小希穿什么都好看，是吧？”小美双眼亮闪闪的看着我点头，随即对身后几个一起跟着来的女生说道。

“对对对！”几个人立刻笑着点头，异口同声地回答道。

“那这件也拿上吧！”我满意地点了点头，将这件也扔给了店员。

小美她们的审美，虽然比我以前学校的小伙伴们不知道差了多少，但是最重要的是，她们表现出了对我的疯狂崇拜。

哼！这样就够了！

我继续漫不经心地挑选着衣服，旁边突然响起了小美的叹息声：“小希小希，这件衬衫真漂亮……”

我回头看了一眼她手中的碎花衬衫，漫不经心地点了点头：“喜欢就买吧……”

她咬了咬牙，上下翻看了一下吊牌，依依不舍地说道：“还是算了吧，太贵了……”

我看了看她一脸为难，却仍旧上下左右依依不舍翻看着衣服的手，随口说道：“那我送你吧，就当你今天陪我出来的谢礼好了！”

“真的吗？你真是太好了，小希！”小美脸上立刻露出了大大的笑容，她冲上来狠狠拥抱了我一下，笑着说道，“爱死你了！”

“好啦好啦！”我看了一眼旁边其他人羡慕的眼神，心情大好地大手一挥，“你们也每人挑一件吧！”

反正对我来说，几件衣服也不是什么大钱。

“小希，你真是太棒了！谢谢你！”女生们的脸上立刻露出了灿烂的笑容。

等到柜台上已经摆满了大大小小的袋子，店员报了一个金额后，我从自己的包包里拿出银行卡递了过去……

“抱歉，小姐，您的银行卡余额显示不足！”店员恭敬地将我的卡递了回来。

“什么？”这怎么可能？

“是不是你刷错了？再试试看看？”

开玩笑，我的银行卡里存款从来没少于过七位数，就这么点衣服怎么可能就余额不足？

店员再次刷了一遍，脸上的表情变得有点为难，他尴尬地伸手，犹豫地再次递回了卡片：“抱歉，希梨小姐，您的余额真的……”

一旁的小美立刻变得担忧地凑了过来：“小希，怎么回事？”

“没事。”我摇了摇头。

难道是我上次办派对的时候，把钱都用完了？

想到这里，我立刻放松了下来，边从包包里拿出自己的手机，边对服务员挥了挥手：“稍等，我打个电话！”

翻到老爸的电话号码后，我立刻拨了出去……

电话响了一段时间后，才被接听，老爸有点疲惫的声音从电话里传来：“喂，宝贝儿？”

“爸爸，你在哪里？”

那边沉默了半晌，才回答道：“在国外出差，怎么了？”

“我卡里钱不够了，您帮我打点钱到账号上吧！”我直接说道。

反正平常也是这样，老爸每年起码有一半的时间在各地飞来飞去，平常他对我最慷慨的也只有给钱了。

但是今天他居然拒绝了我！

听到我是要钱，老爸的语气顿时变得不耐烦起来：“你这个月的生活费月初我都已经帮你打到卡上了，用完自己想办法！”

“什么？”

怎么会这样？

一直到挂断电话，我都还没回过神来。

我这是……终于陷入断粮的窘境了？

不过……老爸最近到底在发什么疯？

先是无声无息地帮我转了学，现在居然连我的零花钱都开始限制了？

但是现在这些都不是问题，问题是我应该怎么解决接下来的尴尬场面？

我忍不住回头看向店内，店员和小美她们分别凑成了两团，正窃窃私语着，偶尔还会充满疑惑地抬头看我一眼……

算了，丢脸就丢脸吧！

我转身往店里走去，对店里的店员说道："抱歉，我今天……"联系不上我爸爸，我下次再来买吧。

"真巧呢！这不是我们的大美女希梨同学吗？"尖锐的声音伴随着刺耳的笑声，我脖子上的汗毛立刻竖立了起来。

即便不回头，我也知道是谁到了！

这还真是……冤家路窄啊！

果然，店员很快便热情地迎了上去："罗小姐，欢迎您，这一季的新款正好刚刚上市，您看看有什么喜欢的吗？"

我深吸了一口气，嘴角扬起一个僵硬的角度，优雅转身。

果然，站在门口的那个短发时髦女生，不就是我在以前学校最大的敌人罗芊芊吗？而她身后，赫然就是她那群一直对我耿耿于怀的跟班。

从在原来的学校开始，她跟她那群姐妹便处处与我为敌，如果我今天说我买了什么首饰，她第二天一定会戴一套更贵的；如果我说我要去哪儿度假，她一定会安排一个更加抢眼的行程；就算是购置新衣之类的，每次遇到她也会演变成攀比大赛……

自己遗传基因不够优秀，长相不够漂亮，没我漂亮也就算了，但是因此由妒生恨，处处和我作对，我就真的不知道该说她们什么了。

只是……

为什么偏偏要在这种情况下遇到她们？

“嗨，芊芊，真巧！”我轻笑着，朝她们挥了挥手。

“好巧，你也是来购物的？”罗芊芊说着，若有似无地瞟了瞟收银台的方向。

我眼角一抽，她不会发现了什么吧？却还是打着哈哈，强自镇定地试图转移话题：“是啊，好久没见你们了，还真有点想念了呢……”

罗芊芊却并不回应我的话语，只是故作惊讶地说道：“我们确实好久没见了，所以刚才在门口看到你，我才会特意来的呢！看你刚才一脸苦恼的样子，是遇到什么麻烦了吗？”

“呃……只是一点小问题而已，已经解决了，多谢你的关心！”我伸手捋了捋自己的发梢，微笑道。

真啰唆，我遇到什么麻烦关你什么事情，快走吧！

“那就好，那我们就不打扰你了！”罗芊芊微笑着说道，我刚松了口气，她却笑着说道，“你这是要买单了吗？那你买单吧，我们随便看看……”

“我……”

我一口气差点儿喘不上来。

“你们随意！”我干笑着转身，再次面对着态度恭敬的店员时，却只觉得心里莫名地烦躁。

现在该怎么办？

刚才的理由现在绝对不能说了，否则的话，罗芊芊那个女人一定会借题发挥的。

哼！就算死也绝对不能在敌人面前丢脸……

“希梨小姐？”见我只是低头不语，那个店员忍不住再次提醒道。

“稍等……”我有点不耐烦地说道。

“咦？小希你是不是真的遇上麻烦了？如果遇到麻烦，一定要跟我说，看在我们几年的同学情分上，我可以帮忙的。”罗芊芊不知道什么时候再次凑到了我的面前，假笑着说道，说话间，她突然视线一转，将话题转向了小美她们，故作惊讶道，“啊？那是你的新伙伴吧？啊，我怎么忘了你可以找她们帮忙了……”

说话间，她还朝着小美她们点了点头，结果那群没用的家伙居然立刻手足无措起来……

“首先，我没遇到麻烦！其次，就算我遇到麻烦了，但是我有伙伴在，就不用你费心了！”我轻笑着，语气却忍不住冷了下去。

没想到罗芊芊却突然眼波一转，看着小美她们，讽刺地笑了：“不过看她们穿着这么寒酸，不像是能帮助你呢！怎么你转学才没多久，连交朋友的档次也跟着降低了呢！”

小美她们似乎这才明白她的敌意，一张脸顿时红了又白，白了又红……

“她们帮不帮得上忙，我自己知道，而且我并不觉得她们档次低，真正档次低的，是某些见不得别人好的人吧……”我轻声说道，太阳穴已经阵阵发疼。

希梨，忍住！不要被激怒，她们是在嫉妒你……

我在心中一遍又一遍地告诫着自己。

罗芊芊气得全身发抖，但是却显然不肯放弃这个难得的机会，她干脆直接走到了收银台前，看向店员，指了指柜台上的一大堆衣服问道：

“这是怎么回事？”

店员为难地看着我：“罗小姐，希梨小姐……她……她……”

不行，一定不能给她们嘲笑我的机会，否则她们一定会弄得人尽皆知的。

这样一想，我突然脑子里灵机一动，身体便软软地朝下倒去……

“扑通——”

“喂，你怎么了？”

“啊——小希，你怎么了？”

“希梨小姐，您没事吧？”

2.

“病人的身体并没有任何问题，至于昏倒的原因，可能是紧张或者受到了刺激！”我闭着双眼，听着医生对一旁的小美她们说道。

我当然不可能有任何问题，因为我根本就是装晕嘛！

呼——

不过……虽然现在的情况有点损害我的形象，但是起码，避免了在敌人面前丢脸。

哼！

罗芊芊那个胆小鬼早在我昏倒后没多久，便被吓得落荒而逃了。

我闭着双眼，被店里的服务员和小美她们七手八脚地送上了救护车。

“那为什么她现在还没醒？”小美担忧地问着医生。

“别急，再过一会儿她自己会醒来的。”医生仍旧没什么情绪地说道，说完，便有脚步声远离。

“都这么久了，她怎么还不醒来……我们现在怎么办？”耳边再次传来小美的声音，却已经带上了几分的不耐烦。

危机已经解除，还能怎么办？当然是睁开双眼再次清醒过来啊！

我深吸了口气，正打算“悠悠转醒”，耳边却突然传来了大家的惊呼声：“咦？克里斯——”

我心里一颤，差点就忍不住从病床上跳了起来……

还好，还好！最后关头，理智战胜了情感。

下一秒，就听到克里斯热情的声音：“咦？好巧，你们怎么也会来医院？”

不知道是不是因为我闭着双眼的缘故，他的声音听上去似乎比平常更加多了几分磁性。

“小希突然昏倒了，我们送她来医院，可是她现在还没醒来，我们都不知道该怎么办了……”小美的声音是前所未有的甜腻。

哼，就算你说得再甜腻又怎么样，他连本小姐这样的美女都看不上，难道还会喜欢上你吗？

“怎么回事？”克里斯的声音已经带上了微微的紧张。

我心中微微一动，但是想到他对谁都是这样热心的态度，我的心便又落了回去。

“就是……我们今天去逛商场，然后……”

眼见小美就要把我今天的糗事说出来了，我连忙嘤咛了一声，悠悠转醒……

听到我的声音，他们几个立刻围了过来……

“小希，你没事吧？”

“小希，你醒啦……”

就连一旁的克里斯也凑了过来，他那双漂亮的蓝色大眼睛一眨也不眨地看着我，一脸紧张地问：“小希同学，你怎么样了，没事吧？”

要是没见过他对贝微微殷勤的模样，我说不定还真要以为他喜欢上我了呢！哼！

“我没事……谢谢你的关心……”我“虚弱”地撑着身体从床上坐了起来，伸手捋了捋自己的长发，又抚顺了自己的衣服，见小美她们还望着我，一副欲言又止的模样，我忍不住抬头对她们说道，“今天真是谢谢你们了，你们先回去吧，我待会儿自己回去就可以了……”

“小希，你真的没事了吗？自己一个人回去不要紧吧？”小美一脸担忧地说着，但是我可没忘记刚才在我“昏睡”的时候，她不耐烦的语气。

“没关系，你们先走吧，耽误了你们这么长时间，真是太抱歉了！下次我请你们吃饭，作为赔偿吧……”我轻笑着说道。

小美这才恢复了笑容，带着其他几个人离开了。

只剩下我们两个人的病房顿时安静了下来，我打量着眼前的克里斯，不知道是不是没上课的原因，他今天看上去显得越发随意。

虽然只是普通的T恤加牛仔短裤的装扮，但是他原本就长得帅气，身材也高大修长，哪怕是再普通不过的服装，穿在他身上也多了几分时装模特的效果。

他一头金色的蓬松短发衬得五官越发立体，仿佛蓝宝石一般的湛蓝色眼眸让人几乎忍不住沉溺其中，门外已经有无数人趁机假装路过，借此偷看他……

气氛微微有点尴尬，我快速转动着脑袋，试图寻找合适的话题，克里斯却突然站了起来：“那……既然你已经没事了，我也先走了！”

哼！

我怎么可能错过这么难得的独处机会。

“没关系，我也差不多该回去了，我们一起出去吧……”我说着，挣扎着从床上爬了下来，然后身体故意一个趔趄，朝着他的方向栽倒下去。

身体顿时被扶住了，随即克里斯一脸关切地问道：“你没事吧？还晕吗？”

我故作娇弱地伸手按了按自己的太阳穴，有气无力地说道：“我好像还是有点晕……”说完，我便期盼地抬头看向了他。

克里斯伸手扶着我，脸上的表情看上去有点困扰：“那现在怎么办？要不……你再在病房休息一会儿？”

那怎么可以？

我的目的可不是为了在医院多待一会儿……

“那个……”我为难地看向他，蹙了蹙眉，轻声说道，“能不能麻烦你送我回去？”

“当然，很乐意为你效劳！”克里斯调皮地行了一个宫廷礼。

回去的路上，克里斯一直耍宝地逗着我开心，不得不说，他确实是一个很会寻找话题、活跃气氛的人……

不管什么事情，只要到了他的嘴里，似乎都变得有意思起来。

虽然明知道他不可能是为了我才去的医院，我却还是忍不住轻笑着看向克里斯，用自己平日里最惑人的声音轻声问他：“对了，你今天怎么会在医院？有什么地方不舒服吗？”

“啊，我没事，我只是来帮微微拿她的体检报告的！”说到贝微微，克里斯的脸上又露出了那恼人的温柔笑容。

我的心头顿时烧起了熊熊怒火……

哼！

那个胖女孩贝微微到底有什么好，值得他这么体贴？

但是表面上，我却还是要维持着自己一如既往的女神形象，轻笑着感叹道：“有你这样体贴的男生喜欢着她，微微同学真是幸福呢！”

“哈哈，是吗？”克里斯不好意思地挠了挠自己的金发，脸上的表情难得有些羞赧。

“当然是真的。”我立刻挺胸，认真说道，随即露出一个无辜的笑容，托腮看向他，“不过，我真的超级好奇的，你是怎么喜欢上微微的呀？”

闻言，克里斯回头看了我一眼，脸上立刻露出了让人神往的甜蜜笑容，蓝色的眸子也荡漾上了温柔的水波……

“喜欢一个人其实有时候并不是因为她的外表或者家世，有时候，其实也许就只是某个瞬间地打动而已……”

我有瞬间的失神，因为他脸上那个让人忍不住晃神的幸福表情。

所以说……他会喜欢上贝微微，是因为被她某个瞬间的行为感动了吗？

这样想着，不知道为什么，我的心里突然有些不是滋味……

“那她……”知道吗？

我的话还没说完，克里斯却突然看着我，脸上带着高深莫测的表情，喃喃说道：“因为只有远离她，才能接近她……”

啊？

“什么？”

克里斯却并没有回答，他朝我摇了摇头，好像突然惊醒似的，微笑着举起了拳头，一脸天真地对我说道：“马上就要考试了呢，要加油，我看好你！”

克里斯说话间伸手握了握拳头，脸上的表情看上去格外认真，湛蓝色的双眸中仿佛有光芒在跳动。

这个瞬间，我的脑海中突然有个画面一闪而过，速度快到我几乎无法准确捕捉到……

可是不知道为什么，我却觉得眼前的一切似曾相识。

3.

第二天回到学校后，我便将抽屉里所有的美妆和奢侈品杂志收了起来。

那些男生看着我的反常举动，一脸吃惊地议论着：“小希这是怎么了？”

“怎么把自己最喜欢的美妆书籍和奢侈品杂志都收起来了？”

“我刚才看到她好像在背单词？”

“什么？”

“我们家小希是受什么刺激了吗？”

“那真的是我们认识的那个小希吗？”男生们立刻崩溃地捂住了自己的脸，惨叫了起来。

……

真是大惊小怪！

“人家只是想好好学习，做一个全能美少女而已呢……”课间，我轻笑着坐在他们中间，抚了抚自己的发尾说道。

“哇——”男生们立刻号叫了起来，双眼释放出激动的光芒。

“我们家小希真是太可爱了！”

“我就知道，我们小希不仅外表漂亮，而且还是一个很有上进心的女孩呢！”

“不愧是我的偶像……”

……

哼！

愚蠢的人类，本人让人想不到的地方还多着呢！等着尖叫膜拜吧！

我得意地看向眼前的男生们，满足地接受着他们的膜拜……

“呵呵，你还是先及格再说吧！”耳边突然响起嘲讽的声音。

谁？

是谁？

可恶！挑衅本小姐是要付出代价的！

我立刻回头看向发声的方向，只见安辰禹安静地站在人群外围，虽然身上穿着和大家一样的校服，可是被他打理得不见一丝褶皱的衬衫和裤子，却又处处透露出和其他男生的不同来。

此刻，手中正抱着一叠书本的他，正瞪大着一双漂亮的褐眸，那双褐眸眨也不眨地看着我，仿佛天神之作的高挺鼻梁下，樱花色的嘴唇扬起一个讽刺的笑……

虽然这个家伙总是一副欠揍的冷淡模样，但不得不承认的是，他真的……太帅了！

旁边立刻响起了女生们的尖叫声："哇——会长大人好帅！"

"哇，嘴角轻扬满脸讽刺的样子好邪魅……"

"怎么办？我快要不能呼吸了！"

……

喂，你们真是够了！

但是……

看到他的瞬间，那天在酒店走道上的画面立刻再次浮现在了我的脑海中，我原本升腾而起的怒气，也顿时像是漏气的气球一般，泄了个一干二净。

他……不会把那天的事情告诉别人吧？

虽然他看上去不太像是那种喜欢说人闲话的人，但是……

"你……"我迟疑地看向他。

安辰禹却仍旧用一副大冰山似的表情说着挑衅的话："我什么？做不到的事情就不要盲目承诺，否则丢脸的是你自己！"

啊——怎么办？好想打他！

"你什么意思？"

"我什么意思你都听不懂，还想成为一个全能美少女？"安辰禹撇了撇嘴，又挑了挑那双好看的眉头，用他那双好看的褐色双眸打量着

我，继续朝我“唰唰唰”地丢着刀子，“学习这种事情呢，有些人是永远都无法胜任的！这跟努力不努力没关系，而是这里的问题……”他说着，还伸出修长的手指，轻轻点了点我的脑袋。

……

几秒钟的沉默后，等到慢慢消化了他话中的意思，我顿时觉得脑海中有一把火，“轰”的一声烧了起来。

坏人呀！你可以质疑我的勤奋，但是绝对不能质疑我的智商！

我怒了！

“这次考试我一定会考入前三名的！”我忍不住握拳瞪向了他。

而回答我的，是安辰禹的呵呵一笑：“那……我就等着你的好消息了！”

说完，他便扬长而去！

啊——这个世界上怎么会有这么讨厌的家伙，我快要疯掉了！

我一定会考入前三名的！

到时候我一定要将成绩单狠狠摔在他那张没有表情的讨厌的脸上！

哼！

“这怎么可能？”

我看着试卷上的一片大红叉，双手忍不住颤抖了起来。

“哎呀，小希同学这次一定考得很好吧？进入前三了吗？”旁边传来女生带着嘲笑的尖锐声音。

我忍不住狠狠抓紧了手中的试卷。

“这种小考试，对于我们偶像这么聪明的人，小事一桩而已，必须是第一好吗？”另外一个女生讨厌地附和道。

说完，她们还过分地凑了过来，轻笑着想要抢我手中的试卷：“小希，来嘛，让我们看看你的成绩嘛！”

我再次握紧了手中的试卷，这一刻，我真的好想将试卷捏成一团，狠狠砸到她们的脸上！

但是我的脸上却还是挤出了几分笑容来：“只是一次阶段性测试而已，没什么好看的……”

“哼！脑子差就承认，还大言不惭地说要拿什么前三，丢脸了吧？”耳边再次传来了女生冷嘲热讽的声音。

我狠狠咬着自己的牙齿，直到听到了“咯吱咯吱”的声音……

忍无可忍，无须再忍！

我站了起来，正打算好好让她们见识下本小姐的厉害，旁边已经有男生先一步站了起来：“你们怎么说话的呢！你们那么聪明，怎么没见你们之中有一个人考入前三啊？”

“就是，就听到你们嗷嗷嗷了，我们小希就算没考入前三那又怎么样？不管她成绩如何，她照样是我们心中的偶像……”

“小希，你别伤心，我们只要好好努力就够了！我相信你下次一定会比这次考得好的，这就够了！”

……

呜呜，好样的！

不愧是我的粉丝团！

“你们真是太让我感动了，我爱你们！”我的眼眶忍不住阵阵发热，他们真是太贴心了！

“天哪，美女说爱我！”

“是爱我！”

……

男生们顿时再次沸腾了！

那些女生被堵得脸青一阵白一阵的，好半晌才反应过来：“你们在胡说八道什么？是她自己说要考进前三的，又不是我们逼着她说的！”

“那又怎么样？你们说话太难听了，阴阳怪气的，难怪没人喜欢！”其中一个男生皱了皱眉，一脸不屑地说道。

“你……你……”那个女生顿时整张脸都涨红了，好像随时都会哭出来似的……

“我怎么了？谁要是欺负我家偶像，就是跟我过不去！”

“还有我！”

“还有我！”

“我！”

“我！”

……

“哼！你们就跟在她身后慢慢膜拜吧！一群只知道看外表的笨蛋！”

“你说谁笨蛋？”

“就你！谁喜欢花瓶谁就是笨蛋！”

“敢说我家偶像是花瓶？你才是花瓶，不对，你连花瓶都不是！”

“你……你们不要欺人太甚！”

“哼，明明是你们先开始挑衅的……”

一场混战因此开始！

4.

所有成绩都出来以后，班主任老师在下课的时候对我说道：“希梨同学，请你下课后来一趟我的办公室！”

我在众人或幸灾乐祸或同情的眼神中，朝着办公室走去。

班主任坐在办公桌后，看着桌上我的成绩单，忍不住深深地叹了口气：“希梨同学，老师知道你家庭富裕，从小就念的贵族学校，但是你这样的成绩……唉！”

“对不起，老师。”

我特别诚恳地道歉。

我忍不住再次看了看自己的分数，好吧，是有点难看！

但是……那又怎么样？

就算成绩差了点，但是这并不影响我的生活，我还是众人心目中的偶像。

想到这里，我忍不住再次得意地摸了摸自己的发尾。

“你要知道，在普通人的世界里，没有知识是无法生存的！”班主任叹了口气接着说道。

……

可我不是普通人！

从办公室出来以后，我回想着班主任的话语，忍不住好笑地摇了摇头。

这样想着，我原本因为成绩不如自己预期而产生的挫败感也终于消失了！

我昂首挺胸走进教室的时候，安辰禹正在讲台上说着什么，阳光从窗外照射进来，在他的脸上打上了一层淡淡的金色光芒，软化了他总是绷紧的五官，多了几分柔和与温暖，他的皮肤很好，在阳光的照射下散发着一种莹润的光芒……

我忍不住有些晃神……

我不知道自己走神了多久，也许过了几分钟，也许只是几秒，安辰禹已经看到了我，他立刻朝我招了招手：“希梨同学，你过来抽个签！”

我茫然地看向他：“抽什么签？”却还是下意识地走到了他的面前，从他递过来的纸箱中抽出一张字条来。

“为了拯救你们这些成绩差一点的同学，我们决定组成一对一帮助小组！这个盒子里写的是成绩好的同学的名字，由成绩差一点的同学自由抽取，抽到谁就是谁！”安辰禹说道“成绩差一点”的时候还特意加重了语气。

哼，想说我拖后腿就直说！

我真是疯了，刚才居然会有一瞬间，觉得他站在讲台上的样子简直太帅了！

不过……

“我不需要这种帮助。”

哼，就算需要帮助，我会自己找补课老师的。

什么一对一互相帮助，果然是穷酸的学校才能想出来的穷酸做法！

我才不要随便被什么人帮助呢……

“哦？你对自己的成绩很满意？大家都赞成，为什么就你一个人不同意？”安辰禹掀了掀嘴唇，又恢复了那副欠揍的模样。

哼！就算讨厌眼前这个家伙，但是我可没有忘记自己的淑女形象……

为了这种人而破坏了自己的形象……那真是太不值了！

于是，我伸手再次抚顺了自己的衣服裙摆，又抚了抚自己的头发，矜持地微笑着说道：“如果需要补课的话，我会自己找补课老师的，而且……大家的时间也不同，这样麻烦别人的话，我会不好意思的。”

台下果然再次传来了男生们的赞同声：“不愧是我家女神，太体贴了！”

“嗷——小希，我不怕麻烦，让我来帮你吧！”

“就你那成绩，还是算了吧！偶像，让我来帮你吧！”

“我……我这次可是进了前十！”

“不好意思，我比你好一点，前五！”

“我……”

“我！”

……

我满意地看着台下男生们疯狂的反应，挑了挑眉，伸手将手中的字条递还给了讲台上的安辰禹。

他不置可否地看了我一眼，打开了手中的字条，随即扫着手中的字条，朝我抛来一个意味不明的笑容：“你真的不需要帮助？”

“不需要！”我斩钉截铁地回答道。

就算需要，也不能让你得意！哼……

“那好吧。”安辰禹恶劣地耸了耸肩，随即一脸意味深长地说道，“那既然希梨同学自动弃权，那么作为帮助她的对象，你们觉得克里斯的名字是应该直接划掉，还是继续放进去，让剩下的需要帮助的同学选择呢？”

等等，他刚才说什么？

那个帮助我的人是谁？

教室里顿时沸腾了，尤其是那些疯狂的女生，立刻整齐地叫了起来：“放进去！”

“你刚刚说帮助我的人是谁？”我难以置信地看向一旁的安辰禹。

他却只是淡淡地扫了我一眼，并没有回答我的问题，反而看向台下的同学，欠揍地说道：“再说一次，你们说什么？”

“放进去！把克里斯的名字放进去！”女生们更加沸腾了，脸上闪烁着疯狂的兴奋光芒。

安辰禹点了点头，一脸为难地说道：“好吧，既然大家都这样要求，那我也只好……”他说着，伸手将刚刚展开的字条再次叠到了一起。

眼看他就要伸手再次将它扔进箱子里，我终于忍不住冲了上去，伸手抓住了他的手腕：“等等……”

“怎么了？希梨同学，你不是放弃了吗？”

安辰禹面无表情地看着我，轻轻挑了挑眉，那双漂亮的褐色眼眸中却闪烁着恶劣的光芒。

这家伙真是……太讨厌了！

我恨得牙痒痒的，却还是努力挤出一个笑容来，轻笑着对他说道：“我突然觉得和大家一起学习也不错呢！”

“哦？是吗？可是你不是说大家时间不同，怕麻烦别人吗？”安辰禹再次挑了挑眉，一脸兴味盎然地看着我。

讨厌！

这个家伙记这么清楚干什么？

而且他明明知道……明明知道我对克里斯……

“虽然会有点麻烦克里斯同学，但是我想这是一个难得的增进同学友谊的机会，而且，我相信以克里斯同学的热心，一定不会在乎的……是吧，克里斯？”说话间，我回头看向座位上的克里斯，笑着朝他点了点头。

听到自己的名字，原本正对着贝微微的方向挤眉弄眼的克里斯，立刻抬头看向我的方向，脸上再次露出了如阳光一般灿烂的笑容：“当然！”

我得意地回头看向安辰禹，伸手轻轻拿过了他手中写着克里斯名字的字条……

安辰禹的脸上有瞬间的怔愣，随即他看了看克里斯，又看了看我，脸上露出了一个让人看不透的笑容来：“这样吗？那好吧！我现在宣布，希梨将成为克里斯的帮助对象！”

他说着，在黑板上已有的一长串名单下，写下了我和里克斯的名字。

我握着手中的字条，在女生们的埋怨声中，矜持地回到了自己的座位上。

我再次看向克里斯的时候，却发现他居然又在看贝微微的方向……

哼，那个丑女有什么好看的？

趁着补习的时间，我一定会好好矫正他的审美观的！

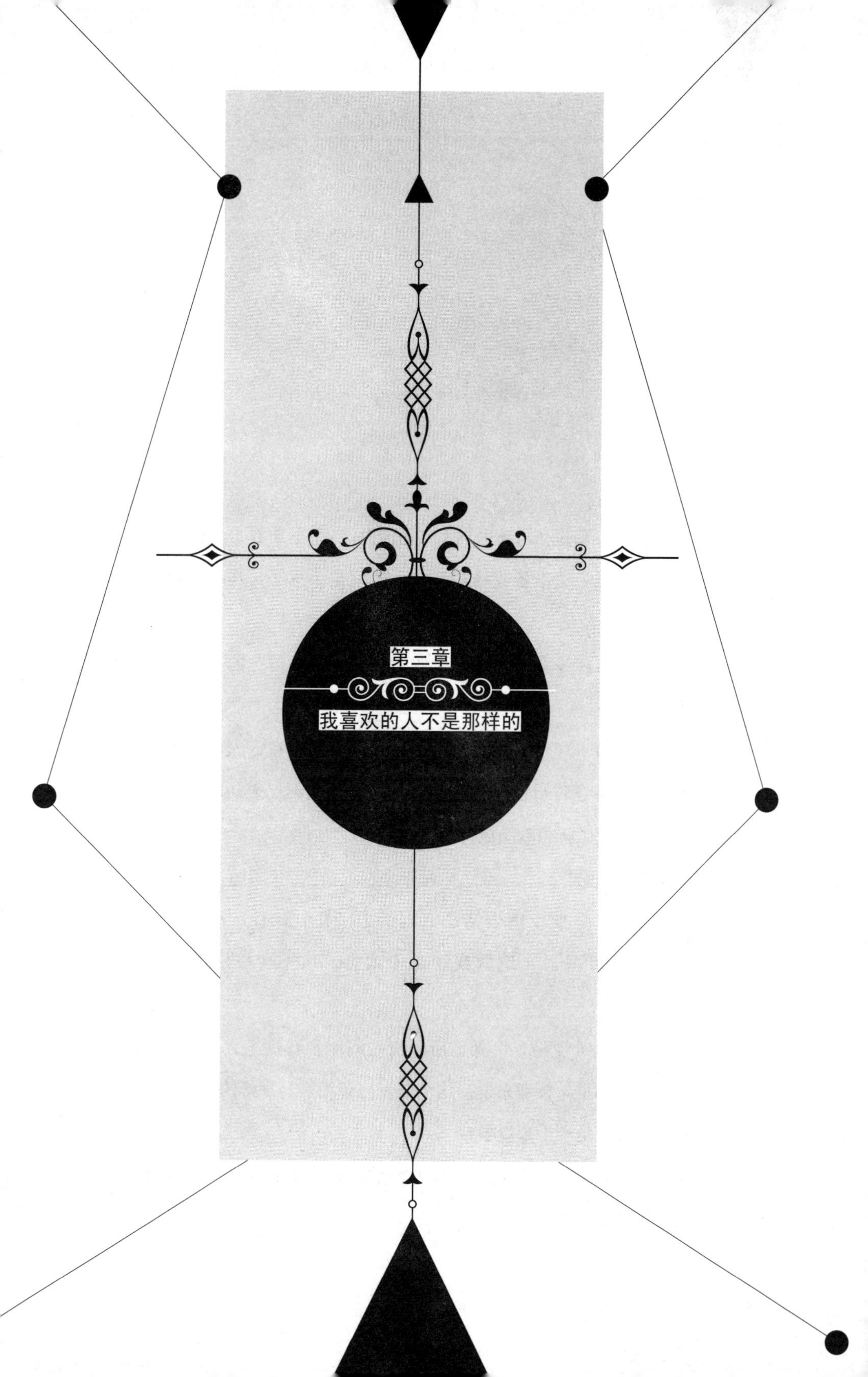
第三章
我喜欢的人不是那样的

1.

“好了，今天的补习就暂时到这里吧！”克里斯看了一眼窗外，又看了看手表，边说边准备收拾东西，“时间也不早了，你也早点回去休息吧！”

我顺着他的视线看向窗外，果然，帮其他人补习完的贝微微已经准时出现在了门外。

哼，居然为了一个丑女而无视我这个美女的存在，尤其是为了每天的补习，我还特意将自己打扮得美美的，结果他不仅无动于衷，居然每次只要看到贝微微就急着结束补习！

简直无法忍受！

我暗自握拳，脸上的表情却立刻带上了几分歉意，故伎重施道：“那个……刚才最后一道题我还是不太会，可不可以麻烦你再说一遍？”

“咦？还没听懂吗？”克里斯一脸纳闷地看着我，脸上的表情说不出的诡异，“哪里？按理来说，这个题目应该很容易理解的啊……”

对啦，我就是一个笨蛋啦！

我郁闷地看向他，但是如果因此而放弃，让他和那个胖妞贝微微走了，我就不是希梨了！

“全都不会。”我咬了咬嘴唇，一脸无辜地看向他，“对不起，你会不会觉得我很笨……”

克里斯看了看我，脸上立刻露出几分无措来，他手足无措地挥舞着双手，似乎想要安抚我，又不知道如何动手的模样，别提多好玩了！

“哎呀，你别难过，我不是那个意思……”克里斯说着，满头大汗地再次打开了手中的书本，对我说道，“没关系，我会一直讲到你理解为止的……”

哼哼，这还差不多！

我点了点头，一脸不好意思地看向他：“那……会不会太麻烦你了？其实没关系的，你要是有事的话，就先走吧！都怪我太笨，我会自己想办法的……”

闻言，克里斯立刻快速扫了一眼门外，连忙摆手道：“不会不会，反正我也没什么事情，我们继续吧！”

我这才满意地点了点头，悄悄凑近了他的身边……

“这道题我们只要假设两个未知量分别为X和Y就可以了，然后分别将其代入公式中……”克里斯说着，握着笔的双手也开始在纸上比画了起来。

我轻轻将自己披散的长发撩到了身后，侧头看向一旁的男生……

怎么有人可以长得这么帅气呢？

浅金色的短发下，男生的五官立体而又深邃，凝视着书本的蓝色眼眸专注而又认真，仿佛在做着一件最神圣的事情，笔挺的鼻梁下，浅色的双唇开合着，散发出柔亮的色泽，让人忍不住想轻轻碰触……

等等，希梨，你到底在想什么？

现在不是看着他发呆的时候，别忘了，他现在喜欢的可是贝微微那个丑女。

不过……我到底要怎么做才能扭转他的审美呢？

“小希，你在听我说话吗？”耳边，克里斯低沉的呼唤，将我从胡思乱想中拉了回来。

我回头的瞬间，便对上了那双仿佛蕴含着无数情绪的蓝色眼眸……

我忍不住一愣，呆呆地问道：“什么？”

“你……刚才在想什么？”他的脸色已经带上了几分不悦。

开玩笑，这种时候我绝对不会承认自己刚才走神了的！否则，克里斯一定会发飙的吧！

这样想着，我脸上立刻露出了几分笑容来，轻笑着解释道：“没什么，我只是在整理这道问题的解题思路而已……”

“哦？是吗？”克里斯闻言，脸上立刻露出了满足的笑容。

笨蛋希梨，你要害死自己了！

看到他笑容的时候，我便瞬间清醒了过来，自己要完蛋了！

果然……

“你说说看，你刚才是怎么整理这道题的解题思路的？”他微笑着看向我，蓝色的漂亮眼眸中闪烁着激动的光芒，他朝着我努了努嘴，似乎在鼓励着我。

啊——我快要崩溃了！

本小姐刚才根本就没在听他说什么，怎么可能知道他说什么嘛！

我支支吾吾地解释着，每说一句克里斯的脸色就难看一分，到了最后，他的脸色已经只能用挫败来形容了！

连带着，我也感到了一丝羞耻……

克里斯又讲了一遍刚才的问题，这一次我不敢再走神，认真地听着他的讲解，不懂的就开口问，总算听明白了。

“好样的！”听完我的解题思路，克里斯脸上终于露出了欣慰的表情。

看着他一脸开心的样子，不知道为什么，我居然有点开心！

只是，这种开心很快就因为他和贝微微相携离去的背影而破灭了！

不行，我绝对不能忍受克里斯和贝微微那个丑女一起，我一定要想办法分开他们才行……

真是太碍眼了！

第二天补习后，趁着克里斯去洗手间的时间，我从包包里摸出事先准备好的一大袋零食，对照例坐在一旁等克里斯一起放学的贝微微说道：“微微，真是抱歉，这段时间老是害你等我们，这是我买的零食，特意给你道歉的！”

“啊？”闻言，贝微微一脸茫然地看着我，似乎不明白我话中的意思。

这个……笨蛋！

我脸上的笑容一僵，但是为了之后的计划，我却还是努力挤出了一个更加灿烂的笑容，和颜悦色地再次诱哄道：“你看看喜欢吗？我特意问了其他同学，按照你平常的喜好挑选的……难道你不喜欢吗？”说话间，我咬了咬自己的嘴唇，一脸不知道如何是好的为难表情看向她。

果然，只见那张胖胖的脸上立刻露出了惊慌失措的表情，她胡乱地摇着头摆着手，常年遮盖住大半张脸的头发几乎都被甩飞了起来，连带着身上的肥肉都颤抖了起来：“不是，不是，真的不是……”

“那……”我再次往上提了提手中的袋子，将袋子里的东西展示在她的面前。

胖妞贝微微立刻艰难地吞了吞口水，被肥肉挤得快要睁不开的双眼随着我的动作而移动着：“可是……”

“怎么了？这些都是进口食品，很好吃的……”

“可是……咕噜……克里斯不准我吃垃圾食品！”贝微微重重地咽了一口口水，目不转睛地盯着我手中的食物说道。

“没关系啦，反正他现在又不在，我保证不会告诉他的……”我再接再厉地诱惑着眼前的肥妞。

来，吃吧！吃吧！

“真的吗？”那双平日里总是呆滞无神的双眼，此刻骤然释放出了光彩。

哼，鱼儿上钩了！

“当然是真的，我发誓！”我一脸认真地竖起了三根手指，向她做了个发誓的动作。

贝微微纠结地看着我手中的食物，又看了看我：“那个……还是算了！我不能无缘无故地拿你的吃的！”

“如果你觉得不好意思的话，作为对我的回报，你下次再报答回来就好啦，比如帮我买买首饰衣服什么的，我会给你钱的！正好我这段时间一直在补习，都没时间去逛街购物了……”

“不行不行！如果我偷吃了这些零食的话，克里斯一定会很生气的！”

什么？

那你刚才那副恨不能马上扑进食物堆里的表情是在逗我玩吗？

我还想继续劝说，克里斯却已经从洗手间回来了，他兴冲冲地走进教室，对我们说：“你们在商量什么事情，这么神秘？”

贝微微那个做贼心虚的家伙，几乎立刻就从座位上跳了起来：“没……没什么！”

“微微只是在问我关于皮肤保养的问题而已！”我轻笑着摸了摸自己的脸，看向已经有些怀疑的克里斯。

“是这样吗？”克里斯一脸怀疑地看向贝微微。

贝微微几乎要将脑袋都埋进桌子底下了：“是……是的。”

哼！他这是不相信我所说的话吗？

我立刻委屈地瘪了瘪嘴，控诉地看向克里斯：“克里斯，你这是在怀疑我欺负了微微吗？”

“啊？没……没有！”贝微微立刻惊慌地抬起了头，一脸无措地看着我。

“怎么会？你误会了！”克里斯脸上也立刻带上了几分尴尬，手足无措地反驳道。

哼，算你识相！

至于贝微微，我就不信了！

能吃成这样一副身材的女孩，怎么可能抗拒得了美食的诱惑……

于是，之后几天的对话，我们基本都是这样进行的……

“微微，我今天带了很好吃的杧果干，超级好吃的……”

“不……不行，我不能吃！”

“没关系啦，反正克里斯又不会发现……”

“呃……还是不行。”

“微微，今天有好吃的薯片，这家的薯片超级有名的，我找了好几家店才找到这个牌子的……”

“可是……我不能吃的。”

“微微，今天我带了椰子酥……”

“微微，我今天带了超级好吃的法式糕点，芝士味的，好吃到快要爆炸……”

“微微……”

……

“小希，我可不可以只吃一片，一片就好……”终于，鱼儿上钩了！

“当然！”我微笑着看向眼中都已经开始射出绿色光芒的贝微微，在心中冷笑：我就不相信你只吃一片能停嘴！

果然，贝微微的一片很快就变成了一包，然后变成了整个袋子……

最后，等到一大袋的垃圾食物都被消灭，贝微微终于打了个饱嗝，一脸尴尬地看向我：“对不起，我一不小心就吃光了……”

我轻笑着看向她，伸手轻轻拍了拍她的肩膀，轻笑道：“没关系，本来就是买来给你吃的。”

“太谢谢你了，小希！”闻言，贝微微那呆滞的脸上立刻露出感激的笑容来，她看着我，双眼都变得亮晶晶的了，“如果你有什么需要我帮忙的，一定要告诉我！我会帮你做到的……”

“真的吗？”我惊喜地说道。

“嗯！”贝微微难得底气十足地点了点头。

我为难地咬了咬嘴唇，想了半天，才迟疑地看向她，有点不好意思地说道：“我看中一款包包，明天上市，但是应该会要排队……”

“我帮你排队去买！”贝微微立刻挺起了胸膛，微笑着向我承诺道。

“真的吗？”我一脸惊喜地说道，随即又为难地蹙了蹙眉，“这样会不会太麻烦你了？”

“不会，我很开心！”

于是，两个女生之间的“友谊”就这样愉快地产生了！

2.

第二天晚上，天突然下起了大雨。

贝微微果然如我所预料地没再出现，我忍不住开心地拉着自己新买的漂亮长裙在克里斯面前多走动了几圈。

可是他却一直显得心不在焉的，频频看着窗外，最后甚至还拿出了手机，一遍又一遍地拨打起贝微微的电话来。

还好，那边的人并没有接听……

不过，那个贝微微到底有什么好，值得他这么牵肠挂肚的？

“奇怪，微微到底去哪儿了？”克里斯蹙着眉，再次看了看窗外漆黑的夜色。

有我这样的美女在身边，他居然还念念不忘贝微微那个丑女，真是太讨厌了！

我心中的火焰顿时高涨，忍不住在他又一次焦躁地起身走动时，撒谎道：“你刚才去洗手间的时候，她说自己有事，先回去了！”

克里斯这才放松了蹙起的浓眉，又看了看手中的手机号码，才说道：“那……我们也走吧！”

“可是……我们都没带伞啊！”我为难地戳了戳了他的手臂，看向外面的天空。

此刻雨已经没有之前大了，但是看样子一时半会儿也没有停的迹象。

“没关系，我有外套……”克里斯说着，从包里拿出一件外套，罩在了我们的头顶，“走吧！”

耳边响起淅淅沥沥的雨声，以及脚步踩在湿润的地面上发出的声响……

过近的距离下，我可以清晰地听到克里斯的心跳声，闻到从他衣服上散发出来的，淡淡的阳光气息……

心不自觉地开始如小鹿乱撞……

明明只是几百米的距离，我的心中却像是有万马奔腾而过……

心脏剧烈地跳动着，行走间身体不经意的碰触，手臂和手臂相互摩擦着，我只觉得空气好像都变得黏稠了起来。

这个瞬间，我只希望回家的路可以漫长一点，再漫长一点……

“你去哪里坐车？还是有人来接你？”出了校门以后，克里斯突然开口说道。

“啊？”我一时还没从刚才充满着暧昧的气息中回过神来，只能茫然地看向他。

“你去哪里坐车？”克里斯再次强调道，好看的眉头微微蹙起。

“啊，我跟你一起吧，你去哪儿坐车我就去哪儿！”终于还是不得不分开啊，我失落地看向他。

克里斯皱了皱眉，蓝色的双眸中虽然带着疑惑，但是他并没有多说什么。

我们便又沉默着继续往前走去……

“小希，小希——”快到公交车站牌前时，前方突然传来激动的呼喊声。

我下意识回头，却在看到雨幕中那个抱着什么东西狂奔而来的巨大身影时，忍不住蹙起了眉头。

贝微微这个坏事精！

我下意识回头看向身旁的克里斯……

果然，下一秒，克里斯已经放下了举在我们头顶的衣服，朝着贝微微的方向冲了过去……

雨水瞬间淋到了我的头上脸上，我紧张地看向贝微微：这个笨蛋早不来晚不来，为什么偏偏在我和克里斯渐入佳境的时候出现？

“这是怎么回事？你不是回去了吗？怎么又全身湿漉漉地跑回来了？”刚刚还罩在我身上的衣服，此刻却罩在了另外一个女生的头上。

克里斯宝石蓝的双眸中写满了关怀，他边说边用衣服裹紧了那个胖子贝微微……

听到他的话语，我顿时一愣，想到自己刚才的谎言，顿时心中打鼓……

完了，我的谎言不会被揭穿吧！

如果克里斯知道我撒谎骗了他，他一定会很生气的。

我立刻紧张地看向了贝微微，努力用眼神示意她不要说出来……

可是，我显然高估了贝微微。

只见她在对上我的视线后，不但没有做出掩饰，反而兴奋地举起了怀中护着的东西，兴奋地朝我说道：“小希，看，我买到了你想要的包包！”

说话间，她已经冲过来，将手中抱着的新品包包塞进了我的怀中。

这个笨蛋，这次被她害死了！我忍不住叹了口气。

我再次看向克里斯的时候，他的脸色果然已经沉了下来。

他看了看我，又看了看贝微微，声音中也已经带上了几分怒气：“这到底是怎么回事？”

我第一次看到他这样的表情，平日里的克里斯，哪怕不笑的时候也带着几分阳光，这样阴鹫的他，顿时让我忍不住瑟缩了起来。

贝微微显然也被他严厉的模样吓到了，她紧紧地抓着自己的校服下摆，巨大的身体缩成一团颤抖着，那模样别提多可怜了！

“我……我……”贝微微颤抖着，嗫嚅着……

眼看克里斯的脸色越来越难看，她终于害怕地全说了出来：“因为小希特意买吃的东西给我，所以我决定帮她买到她想要的包包报答她！”

说话间，她还一脸害怕地摸了摸自己背上的书包。

这个笨蛋！

果然，下一秒克里斯已经瞬间变脸，他黑着脸瞪了我一眼，又看向了贝微微，语气是少有的冷淡：“把书包给我！”

贝微微瑟缩着看了看我，又看了看克里斯，下意识将身后的书包拽到了身前护住：“没……没什么！”

此地无银三百两！

我已经连叹气的力气都没有了！

等得不耐烦的克里斯，没有再多说一句废话，便冲上去拽下了她的书包。

贝微微虚虚地护了几下，便也就顺势让他夺走了书包。

结果克里斯拉开了书包拉链，却从中摸出了一包吃到一半的薯片，看到那已经被压得不成形的包装袋时，我就知道……

希梨，你完蛋了！

果然，克里斯下一秒就看向了我的方向，那双如最澄澈的蓝宝石一般的眼眸，此刻正涌动着巨浪：“这些东西都是你给她的？”

不知道为什么，对上他蕴藏着复杂情绪的双眸时，我的心中瞬间闪过慌乱……

“我……”

我张了张嘴，试图解释，可是解释什么呢？

难道说我是在嫉妒贝微微，所以想用零食支开她，让我可以和他单独相处吗？

当然不行！

我可是圣泉学院的偶像！

怎么可能做出这样的事情来。

于是，我忍不住挺起了胸膛，傲然地直视着他回答道：“对，她一直等到我们下课，这是给她的谢礼。”

闻言，克里斯眼中的情绪却涌动得越发厉害了！

他狠狠地瞪了我一眼，下一秒，终于发飙了……

“你知不知道，我好不容易才让微微戒了几周的垃圾食品，结果呢？现在全都被你破坏了！而且你居然还骗我说她有事先走了！如果我们刚才不是正好碰上，你打算让她这样冒雨再返回学校吗？你……你……”克里斯说着，颤抖着指向我，胸口剧烈起伏着，似乎被气狠了……

“我……”

我想要开口，克里斯却毫不留情地打断了我的话语：“你真是太过分了！我没有办法再给像你这样的不诚实的人补课，你以后都找别人吧！”

克里斯说完，不再多看我一眼，便拉着贝微微转身离开了！

3.

一阵凛冽的寒风吹过，我忍不住打了个寒战。

雨似乎又瞬间下大了，雨水从天而降，冲刷着洗涤着触目所及的一切，也狠狠打在我的头上脸上……

我呆呆地站在原地，看着他牵着贝微微的手，越走越远……

我的心中像是被什么狠狠攥紧了，有什么沸腾着翻涌着，试图破土而出。

对，我是撒谎了！

因为你的眼神一直都追逐着那个又胖又丑的贝微微，我只是想要多一点独处的时间，这样也有错吗？

明明只是一件微不足道的小事，为什么他要说得这么严重？好像我做了什么十恶不赦的大事一样？

我到底有什么比不上贝微微那个傻妞？难道我所做的一切，他都看不到感受不到吗？

为了让他注意到我，我每天都打扮得漂漂亮亮的来学校；为了让他注意到我，我努力去听懂那些让人讨厌无比的知识……

可是，只是一次小小的谎言，他就否定了我的一切努力？

凭什么？

……

越想，我心中的火焰便升得越高，眼看着克里斯已经拉着贝微微就要消失在道路拐角，我终于忍不住提着裙摆冲了上去。

“克里斯，你站住——”

“站住——”被那越烧越旺的火焰灼烧了理智，我的脑海中只剩下了前方那个高大挺拔的身影。

“克里斯——”只有雨水应和着我的呼唤。

半晌，前方的金发少年似乎终于听到了我的呼唤，转头静静地看向我。

明明还是和之前一样出色的容颜，明明还是那让人容易沉醉的五官，此刻因为微微蹙起的眉头和抿起的嘴角，却产生了一种距离感……

那双总是蕴含着兴奋光芒的蓝色双眸，此刻仿佛也加深了颜色，让人看不清其中的情绪……

他就那么静静地凝视着我，带着探究，带着复杂："你还有什么要说的？"

也许是他眼神中蕴含了太多的情绪，也许是他的话语过于低调深沉，于是，我原本想要说的话语已经到了嘴边，却怎么也说不下去了。

我的心中颤动着，一些隐藏的情绪便脱口而出："克里斯，我喜欢你！"

时间仿佛在这一刻出现了短暂的停滞，胖妞贝微微脸上的惊讶那么明显，她甚至夸张地伸出了已经看不出指节的双手捂住了自己的嘴……

而克里斯……那双平静的蓝色双眸顿时剧烈收缩，他难以置信地看着我，眼中有显而易见的震惊。

呜……笨蛋希梨，你怎么把这话说出来了？

我脑海中闪过一丝迟疑，如果这个时候告诉克里斯这只是一个玩笑，是不是可以当成什么都没说过……

可是，我没有错过他眼中一闪而过的动摇和……感动。

也对，这么长时间的相处下来，我不相信他完全感觉不到我的想法，不知道我在努力示好……

心中终于找到了一点自信，我鼓起勇气接着说道："从小到大，因为家庭的富有，也因为自己过人的外貌，我一直都是大家视线的焦点。认识你以后，第一次感觉到有人无视我，第一次我会特别注意一个男生，所以，我努力想要引起你的注意，因为你的每一句话而欣喜而难过……我喜欢上你了，克里斯！你不能喜欢别人！"

克里斯脸上的表情有瞬间的波动，很是很快，他便再次恢复了冰冷，他看着我，蓝宝石一般的双眸中闪过一丝莫测的光芒，他说："这就是你所说的喜欢？”

我被他眼中的冷光震慑，这一瞬间，突然失去了语言能力，只能待在原地，静静地等待着他的审判……

“我……”我嗫嚅着，不明白他这话的意思。

下一秒，克里斯却像是失望，又像是叹息一般说道：“我似乎做错了，我喜欢的人不应该是这样的！”

他说完，不再看我，拉着贝微微快速转身离去。

一直到他们的身影彻底消失在我的眼前，一直到雨水肆意拍打着我，我仍旧难以置信地站在原地……

我这是……被拒绝了吗？

有生以来第一次向人告白，结果还被人拒绝了！

呵呵，希梨，你真是太失败了！

我所有的感知，仿佛都被克里斯那句“我喜欢的人不应该是这样的”带走了，哪怕雨下得更大了，哪怕路上已经见不到什么行人，我却仍旧无法从刚才的噩梦中走出……

我被拒绝了！

这么多年以来渐渐构建起来的自信心，在这一刻，仿佛那些老旧的建筑一般，轰然倒塌。

而我，却什么也无法挽回……

我失魂落魄地走在雨中，心中是前所未有的茫然。

不知道走了多久，也不知道走到了哪里，眼前突然出现了一双牛津皮鞋，随即落在头顶的雨水似乎也变少了……

我低着脑袋往左边移了移，他便也跟着往左边移了移；我往右边让了让，他便也跟着往右边移过去……

我顿时忍不住怒了！

“你……”有病啊！

后面的话语，因为眼前出现的那张英俊的面孔而无法说出口。

安辰禹撑着一把黑色的长柄伞站在我的面前，他身上仍旧穿着白色的衬衫校服和卡其色的长裤，明明是再普通不过的打扮，可在这样的雨夜，却多了几分如青春杂志中走出来的平面模特一般的错觉。

他棱角分明的嘴唇轻轻抿着，显得有点冷漠，此刻，那双如玛瑙一般剔透的褐眸正一眨也不眨地注视着我……

我原本的怒气，在这样的注视下，顿时如烟雾一般散去……

我几乎是粗鲁地伸手抹去了脸上的雨水，自暴自弃地说道：“哼！又让你看好戏了！想笑就笑吧，反正我今天已经够丢脸了……”

可是预料之中的嘲讽却并没有响起，那把黑伞仍旧牢牢地固定在我的头顶，有雨水渐渐落在他露在雨伞外的肩头，安辰禹却仿佛一无所觉，只是静静地凝视着我……

这样的对峙让我觉得有些无趣，我推开伸到自己面前的伞柄，正打算离开，安辰禹却终于开了口：“我送你回去吧！”

“咦？”

没有讽刺，没有嘲笑，没有冷言冷语，只是平静如波的陈述……

眼前这个人真的是我认识的那个毒舌男安辰禹吗？还是他已经被什么附身了？

他却什么都没多说，只是平静地转了个身，将头上的雨伞再次往我这边移了移，往前走去：“走吧！”

4.

安辰禹将我送到我家别墅门口后，什么都没多说就离开了。

我有气无力地朝他说了声谢谢，便拖着沉重的步伐往里走去……

按下门铃后，过了很长时间才有人来开门，老管家不知道刚才在干什么，气喘吁吁的……

见到我，他似乎有点慌乱，半晌才说："小姐，您回来了！"

"嗯……"我失魂落魄地点了点头，便往里走去。

客厅里传来乱糟糟的声音，家里的仆人不知道在干什么……

"哎呀，您怎么全身湿漉漉的，淋雨回来的吗？怎么不打电话让人去接呀！"老管家说着，就要伸手摸我的脑袋，却被我一把挡开了！

"我没事……"

老管家在这个家里已经做了几十年了，听说从爷爷还在的时候，老管家就已经在了。

爸爸平常都叫老管家叔叔，我也跟着叫管家爷爷。

平日里，我最喜欢的就是缠着管家爷爷问东问西了，可是现在……因为克里斯的拒绝，我真的什么心情都没有了。

"那你快上楼洗个澡，再下来吃东西，我去给你煮点姜汤……"老管家喃喃念叨着，便转身去厨房了。

我低着头，慢悠悠地穿过客厅，往楼上走去……

我满脑子都是克里斯拒绝我的那句话："我喜欢的人不应该是这样的！"

那他喜欢的人到底应该是什么样的？

我有那么不好吗？除了成绩不如贝微微好，我到底有哪点不如她？

只要这样一想，我心中的怒火便又忍不住往上冒……

直到爬到二楼的时候，我才后知后觉地发现家里的气氛似乎有点儿不对。

爸爸仍旧没有回来，从半个月前开始，他就再也没有回来过了，虽然我每次给他打电话的时候，他都保证："再过几天就回去！"

可是现在，这都过了好几个几天了！

仆人们好像也都很忙，此刻正一个个在客厅和房间之间来回穿梭着，似乎在收拾什么东西。

是爸爸又准备带他们去哪儿招待什么客人吗？

我心中有点儿好奇，可是克里斯的拒绝让我此刻什么也顾不上了。

回房后，我打开房间的空调调到了最高温度，才在一旁的梳妆台前坐下了。

虽然湿衣服黏在身上很难受，但是我现在却一点儿都不想动……

所有情绪都像是被封印在了我的体内，我挣扎，我难过，可是我却不知道到底该怎么办。

各种暴躁的情绪充斥着脑海，一时间，我觉得整个人都像是要爆炸了！

我就这样呆呆地坐着，不知道过了多久，皮肤都有点泡皱了，我才去浴室洗了个澡，然后下楼准备找水喝……

此刻，客厅里终于安静了下来。

那些仆人不知道是已经出发了，还是回房间休息了，偌大的客厅只剩下了老管家一个人。

他已经弄好了晚餐，将晚餐端来放在餐桌上，又端了一碗散发着浓重姜汁味道的东西在我的面前：“小姐，我让人给您熬了姜汤，喝点驱寒的！喝完再吃饭……”

“嗯！”我心不在焉地点了点头，伸手接过了老管家端过来的姜汤，慢慢地喝着……

一旁，我眼角的余光中，可以瞥见老管家一直搓揉着双手，一脸欲言又止地看着我。

我喝完最后一口姜汤，在桌边坐下来，正想问他到底有什么事情，所有强装平静的情绪，却都在看到桌上的胡萝卜牛肉丝的时候彻底崩溃……

为什么？

为什么今天所有的事情都不顺？

为什么所有人都要和我作对？

“他们到底怎么做事的？说过多少次了，我讨厌胡萝卜！讨厌胡萝卜！为什么还是有胡萝卜？”

所有暴躁的情绪仿佛瞬间找到了出口，汹涌着朝外奔涌而出……

我控制不住地颤抖着，越看桌上的那盘胡萝卜丝越觉得不爽，忍不住伸手将它扫翻在地……

老管家的脸色变了又变，似乎想劝说什么，却又不知道如何开口。

此刻我却已经完全没心情听下去了，推开凳子起身，气冲冲回到了房间里。

别生气，希梨，生气会变丑的！

你可是美少女，不要因为这点儿小事就生气！

克里斯那个笨蛋不懂得欣赏你的好，那是他的问题，不是你的错！

……

可是……

啊——还是好不爽，我要疯掉了！

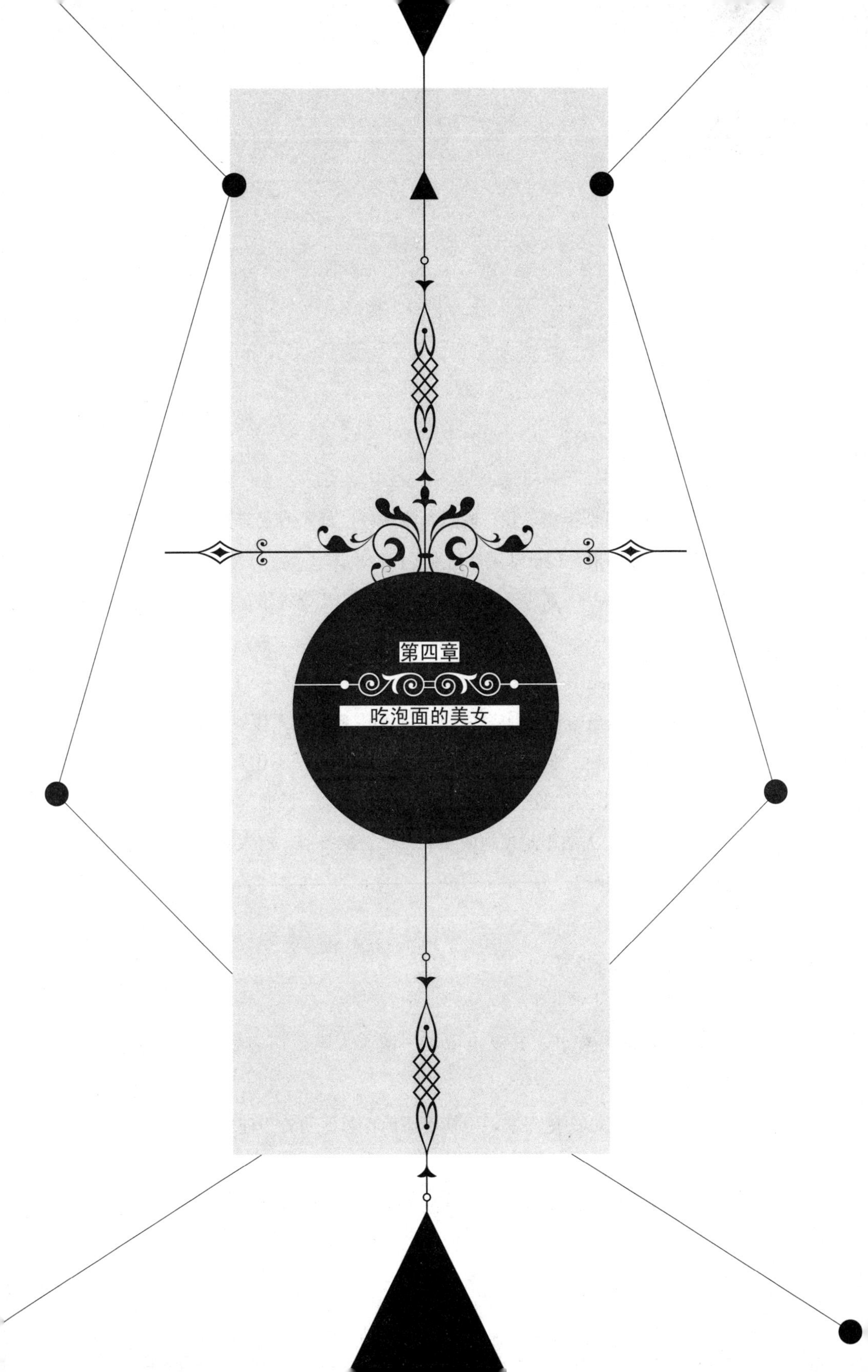

第四章

吃泡面的美女

1.

因为被克里斯拒绝，我一晚上都没睡好，好不容易等到天快亮的时候，我才刚刚睡着，门外却突然传来了门铃声。

“零零零——”那声音持续着，已经响了几分钟了，却仍旧不见停止。

“啊——真是烦死了！”

见鬼的，家里的仆人到底在干什么？真是越来越不懂规矩了！

一大早这么吵，难道就没有人去开个门吗？还让不让人睡觉了！

我暴躁地抓了抓自己的头发从床上爬了起来，睡眼惺忪地打开了房门，边往楼下走去边不耐烦地叫唤着：“管家爷爷，有人在按门铃呢，怎么都没人开门呀？”

“管家爷爷？”

“刘叔？张阿姨？……”

奇怪，人都去哪儿了？

就算要出去有事，好歹也留下一两个人啊，明明知道我还没起床……

我忍不住在心中抱怨着，不情不愿地在急促的铃声催促下，转身去开门。

然而在经过餐厅，看到昨晚打翻的晚饭还躺在原地的时候，我心中突然生出了一丝不祥的感觉。

“管家爷爷？”我忍不住再次叫了起来。

偌大的房间里回荡着我的呼喊声，显得异常的荒凉……

一种陌生的情绪冲刷着我的思绪，我忍不住在房间里来回走动了起来，门铃还在持续地响着，却显得曾经让我惬意无比的大房子越发冷清了……

我强自按捺着心中的情绪，去开了门，却在看到门口那一排穿着整齐制服的公职人员时，心中的不安瞬间扩大……

“你好，请问你们……”

“你好，请问这里是希远臣的家吗？”对方看了看手中的文件，抬头公事公办地问我。

“是的，我是他女儿，请问你们……”我看着眼前的人，突然感到了一种莫名的恐慌。

好像有什么我不知道的事情发生了！

“小姑娘，我们是省公安厅的警察，我们收到省人民法院的移交案例，你父亲希远臣涉嫌经济诈骗，目前已经被拘留，房子也已经被抵押，我们将对房间里的财产进行估价以及标价，等到案件进一步定性后，我们将择日对其进行拍卖，希望你配合我们的工作，并且在查封工作完成以前离开！”

“什么？”

经济诈骗？

开什么玩笑？爸爸怎么可能做这种事情？

“你们是不是搞错了？我爸爸不可能做出这种事情的！”我忍不住颤抖着说道。

“案件的真相，我们会进一步取证！”为首的人面无表情地说着，随即看了看手表，再次对我说道，“现在，请你配合我们的查封工作！”

我还沉浸在这个巨大的噩耗中，一旁的警察已经推开了我，往里走去……

这怎么可能？

怎么可能一觉醒来，突然发现什么都变了？

谁来告诉我，现在的一切只是一场噩梦？

我忍不住狠狠掐了自己一把，可是尖锐的疼痛不仅没有将我从这场噩梦中带出，反而让我不得不承认，眼前的一切到底有多真实。

这一刻，我突然明白为什么昨晚仆人们会那么慌乱了，也明白老管家的欲言又止是为什么了……

终于回过神来，我迅速往别墅里面冲去……

不过短短几分钟时间，家里的家具和古董上都已经贴上了白色的封条，爸爸最喜欢的白玉雕，爷爷还在时买下来的人面鱼纹唐三彩……

所有的所有，所有代表着家的回忆，仿佛在一瞬间，也随着这些白色的封条而被封印了起来……

我忍不住冲上去，想要撕掉那些白色的封条：“不，你们不能这样做，这是我家，你们不能这样做……”

“抓住她！”一个中年警察说道，随即两个年轻人立刻冲了过来，瞬间便制服了我，随即那个中年警察摘下手上的手套，严肃地对我说道，“小姑娘，请你不要妨碍我们执法，否则我们可以以妨碍司法公正罪带你回警局的！”

“我要见我爸爸……我要见他！”我尖叫着，试图摆脱身后那两个年轻警察的钳制，却被他们扭得更紧了！

手臂上传来剧烈的疼痛，可是更痛的却是我的心……

为什么？

明明之前还好好的，为什么突然之间事情就变成了这样！

“呜呜……”我的眼泪终于忍不住落了下来。

见我开始哭泣，中年警察伸手狠狠拍了旁边的两个小警察一下，嘴里骂道：“臭小子，你们俩给我下手轻点！当拧麻袋呢！”说话间，他又看向我，轻声叹了口气说道，“他现在还不能见人！”

说完，他便转身继续指挥着身边的人工作了起来，我眼睁睁看着自己无比熟悉的地方，逐渐变得面目全非，脸上的泪水变得更加肆意了……

呜呜……为什么会变成这样？

我的心中前所未有地难过和无助，为什么什么都不告诉我，我该怎么办？

“咦？小姑娘，这是给你的信吗？”现场唯一的一个女警察突然从茶几上捏起了一个蓝色的信封。

我立刻就要冲上去，可是双手却被人抓着，虽然他们已经放松了力道，却仍旧不足以让我甩开。

“放手！”我忍不住疯狂地尖叫了起来。

“放开她吧……”旁边传来那个女警察的声音，抓着我手臂的力量这才放松了。

我立刻扑过去，打开了信封。

信是管家爷爷留下的，看完信以后，我终于颓然地放弃了挣扎。

结束了！一切都结束了！

所有人都离开了，所有仆人，甚至是在家里待了一辈子的管家爷爷。

我眼睁睁地看着家里所有的东西都贴上了刺目的封条，包括我房间里那些漂亮的衣服和首饰。

最终，我只带走了一只小小的行李箱，以及爸爸在出事前给我留下的、一张被我挥霍到只剩下不足四位数余额的银行卡。

2.

从别墅出来以后，我便拖着行李箱，失魂落魄地坐到了路边的长凳上……

现在该怎么办呢？

房子没了，家里的仆人们也都离开了，就连爸爸也被抓了……

对了，应该先找人救爸爸出来！

可是……我既不认识相关的人，身上又没多少钱了，又能做点什么呢？

想到这里，我顿时泄了气！

等等……虽然我不认识那些人，但是我可以去找平日里往来密切的亲戚朋友啊！他们肯定有这方面的资源的……

想到这里，我顿时打起了精神。

说干就干，我立刻拖着行李箱往外走去，先去找同一个别墅区的张叔叔好了……

他之前经常来参加家里举行的派对，而且还特别跟我说过，以后要是有什么困难可以去找他的……

“零零零——”

“谁啊？”门铃里传来仆人的声音。

“您好，请问张叔叔在家吗？我是希远臣的女儿希梨，我有点事情要找他帮忙……”

“好的，请您稍等……”说话间，仆人往里走去。

我趁机理了理身上匆忙套上去的长裙，又对着门口的可视对讲机整理了一下匆忙之间来不及打理的长发，希望待会儿可以在那个张叔叔面前留下一个好印象。

天知道，我希梨也会有看人脸色行事的时候？

“抱歉，希梨小姐，先生正在进行一个重要的电话会议，吩咐不见客！”

“那……我可以等的！”

“抱歉，我们也不知道他什么时候才能开完会议！”说完，对讲机便被毫不留情地切断了。

“等等。”

一时间，我站在他家门口，气得快要爆炸了！

哼，现实的人！亏他之前还说得那么好听，我记住你了！以后希望你别来求我。

现在怎么办呢？

问问圆圆好了，她是我在以前学校最好的朋友，一定会帮我的。

“喂，圆圆，我是小希……”

“喂，小希啊，我现在正在去日本的飞机上，飞机就要起飞了！你有什么事情吗？我必须关机了，待会儿等我到达目的地再给你打电话……”

“等等，我……喂喂？”

“嘟嘟……”电话已经挂断了！

呵呵，这就是曾经一直对外声称是我最好的朋友的人。

而且，据我所知，去日本的飞机，根本就没有上午出发的，何况今天还是星期三……

我叹了口气，看了看手机里的其他号码，几乎已经可以想象出如果听到我的求救，他们会有的态度了。

算了，去小姨家好了，小姨平常对我那么好，而且姨父公司的生意平常大多都是爸爸在帮忙，她应该不会拒绝我的吧！

“你好，请问我小姨在吗？”

“抱歉，小希小姐，夫人和老爷都不在家，他们出国去出差了，短时间内都不会回来的……”

“那我可以先进去吗？”

“抱歉，小希小姐，没有主人的允许，我不能放任何人进来。”

“好吧，谢谢！”我说着挂断了电话。

挂断电话前，我分明听到了对讲机里一个熟悉的女声在问：“那个倒霉鬼走了吗？”

呵呵，真是讽刺啊，我最亲近的小姨，平日里对我那么好的小姨，在我爸爸才出事的时候，不仅不帮我，还叫我倒霉鬼……

现在只剩下了一个人，绝对绝对不会找借口不帮我的人，爸爸的至交好友厉叔叔，听说当年爸爸还没发家的时候，厉叔叔偷偷拿了家里给他出国留学的钱资助了爸爸……

我过去的时候，仆人们正在院子里修剪植物，见到我，立刻开心地叫了起来：“小希小姐，您怎么过来了？还带着行李，是要出去旅行吗？”

“于伯，厉叔叔在家吗？”

“先生啊，前天刚飞了波士顿，说是在那边有个什么合作项目，需要亲自过去洽谈……小希小姐找先生有什么事情吗？”

“呃……”

不知道是不是因为今天已经听了太多的借口，我忍不住开始怀疑起来，厉叔叔是不是也跟那些人一样，因为我家出事了，所以也在避着我呢！

也许是我脸上的表情太明显，管家于伯立刻放下了手中的东西，正色道：“小希小姐，您是不是出什么事情了？这样，您要不先进去，正好小姐昨天回了，您让她帮您想想办法？”

于伯口中的小姐自然就是厉叔叔的女儿厉茉橙，但是同时，她也是我的头号敌人。

我们俩从小就互相看不顺眼，她觉得我是个花瓶，我受不了她的男人婆……

所以，虽然我现在无处可去，但是我宁愿流落街头，也不要受厉茉橙那个男人婆的气。

我连忙摆手道：“不用了不用了，也不是什么大事，如果厉叔叔回来了，麻烦您让他给我回一个电话吧！”

我说完，连忙拖着行李箱往外走去，就怕一个不小心和厉茉橙那个女魔头遇上。

可是，除了这里以外，我居然想不出任何可以让我留宿的地方了……

如果是在平常的话，我肯定毫不犹豫就选择酒店了！

但是现在……看着手中余额只剩下几百的银行卡，我决定还是算了……

厉叔叔还不知道什么时候能回来，爸爸也不知道什么时候才能被放出来呢……说不定这几百块钱就是我最后的资产了！

我拖着行李无意识地在街上游荡着，从一个路口走到另外一个路口……

偶尔会路过天桥、公园、银行自动取款处，每次我都想停下来，就在那里休息一晚算了，可是很快，我就会发现，所有这些地方在入夜以后都会有不同的人群来占领……

被驱逐被追赶了几次后，我心有余悸地在一个路口蹲了下来，却再也不敢靠近那些地方了！

没想到我希梨也会有这么狼狈的时候，我忍不住苦笑。

就这样漫无目的地走了一夜，天快亮的时候，我捶着已经胀痛到快要没知觉的双腿，在路边的一条长凳上坐了下来。

我整理了一下行李箱，里面除了两套学校的校服以外，连一件像样的衣服都没有，更别提其他什么像样的东西了！

虽然以前对校服以及学校嫌弃无比，此刻它们却好像突然成了我唯一的依靠。

我现在唯一能去的地方，好像也只有学校了！

3.

“劲爆消息！劲爆消息！从来只穿名牌的千金小姐希梨今天居然穿校服来学校了！”

“什么？你看错人了吧？”

“绝对没错！我已经和当时身边的五个同伴都确认过了，大家都表示，那绝对是希梨本人没错！”

“天啊，她不是一向最嫌弃校服的设计吗？还说穿上整个人都像是被套进了布袋里的廉价土豆……”

“是真的，是真的，快看……真的是她……”

我坐在教室里，装作毫不在意般地听着从窗外传来的惊呼声。

真是大惊小怪！

不就是穿了个校服来学校吗？有什么好奇怪的！

我忍不住在众人看不到的角度翻了个白眼。

不过，看他们的反应，好像暂时还没人知道我家公司破产的消息呢！

想到这里，我终于忍不住松了一口气，看来，这所破烂学校也还是有它的好处的嘛！

“小……小……小……小希，你昨天怎么没来学校？是有什么事情吗？”作为代表被推出来的男生，结巴了半天才终于问道。

我这才想起昨天确实一整天都没出现，而且也忘记跟老师请假了。

但是我是绝对不会坦白，昨天在我身边发生的那种，让我觉得仿佛整个世界都坍塌了的事情的。

我惊讶地捂嘴，吐了吐舌，为难地说道：“哎呀，你不说我都忘了，昨天爸爸临时非要拉着人家和他一起出席一场游轮宴会，我一兴奋就忘记跟老师请假了，怎么办？”

“怎么可以连调皮的表情都这么可爱……”男生们没有回答我的问题，反而兴奋地推搡着，嗷嗷地号叫了起来。

“我们家小希真是太可爱了！”

“不愧是美女，连迷糊的样子都这么可爱……”

“你这么可爱，老师一定会原谅你的……”

……

“是吗？”我忍不住轻笑了起来。

虽然昨天的事情让人很沮丧，我甚至一度都觉得自己的整个世界都颠覆了！

但是眼前这些男生疯狂的模样，却又让我忍不住觉得，好像一切还是最开始的模样，我还是那个高高在上的偶像，其他什么都没变……

“不过……小希，你怎么突然穿校服来学校了？”

我心中一跳，表面却还是毫不在意地端坐着，伸手轻轻地摸了摸自己的发尾，轻轻扫了他一眼，才挺直了腰笑着说道：“我只是想体验一下穿校服的感觉而已！”

下一秒，教室里果然再次响起了男生们的号叫声：“嗷嗷……果然不愧是我们的偶像……”

“小希，我爱你！”

“嗷嗷，就算穿校服，我家偶像也还是这么的天生丽质！”

“小希，不管你穿什么样，我都会永远支持你的！”

……

呜呜，我好感动！

中午的下课铃声一响，我正考虑着应该怎么解决午餐，小美她们便围了过来：“小希，我们今天中午吃什么？”

我抬头看了她们一眼，顿时觉得头都大了。

我怎么把这个事情给忘了？

平常中午没事的时候，我都是和小美她们一起吃的。

当然，这些都不是问题，最大的问题是……每次都是我请客啊！

现在怎么办？按照平常的吃饭，身上这几百块钱还不够我请她们吃一顿饭的……

想到这里，我顿时觉得整个人都不好了！

早知道会有这样的一天，我就省着点了，哪怕是少请几次客，我也不用像现在这么惨了！

不行，在厉叔叔从波士顿回来以前，我绝对不能饿死自己。

“啊，我今天约了人一起吃饭，就不和你们一起了！他应该快到了，我先走了，拜拜！”说完，我几乎是落荒而逃。

从学校跑出来以后，我漫无目的地走在路上……

午餐到底要吃什么呢？

以前我的午餐随随便便都是几百块钱，那根本就不是现在的我消费得起的……

那还有什么便宜又管饱的东西呢？

我苦恼地摸着自己的肚子，从前天晚上开始我就什么都没吃过了，之前因为满脑子都想着怎么解决眼前的危机，压根就没有想起来饿不饿的问题。此刻说到吃的，我顿时觉得肚子已经饿得咕噜咕噜直叫了。

呜呜……为什么我会落到这么凄惨的地步？

我好饿！

这时，旁边的便利店门口突然传来一阵食物的香气……

“咕噜咕噜……”我的肚子立刻忍不住叫了起来。

看着坐在柜台后吸溜着泡面的老板，我突然想起贝微微好像说过：

她最爱的就是泡面了，不仅便宜，而且还可以根据自己的喜好选择不同的口味……

想到这里，我立刻决定：把身上的现金换成最便宜的泡面！

哈哈哈……希梨，你真是太聪明了！

此刻，我正躲在学校的一个废弃花园内，一个人吃着泡面。

没想到这种平民的食物看上去居然还不错，没有想象中的难吃，一定是因为太饿了！对对，一定是这样！

“嘶嘶……”好吃！

“你在这里干什么？”耳边突然传来熟悉的声音，我一惊，顿时觉得整个人都僵硬了。

呜呜呜……这里不是废弃很久了吗？为什么还会有人过来？

老天爷啊，你为什么要这么对我？

我僵硬地抬头，只见克里斯正一脸惊奇地从旁边的大树后露出一个脑袋。

他看了看我，又看了我手中的泡面，脸上的表情有点古怪：“你在吃泡面？”

现在怎么办？怎么办？

为什么偏偏是这种时候？而且还偏偏倒霉地被克里斯发现？

我忍不住想要仰天长叹，我最近到底是倒了什么霉啊？

“那个……那个……我……嗯嗯……”我看了看他，又看了看自己手中的泡面，脑子快速地转动着，突然，脑子里灵光一闪，我顿时挺起了胸膛，回答他道，“我就是好奇这种平民食物是什么味道而已！”

克里斯没有回答我，他还是瞪大着一双漂亮的蓝眼睛，一眨也不眨地看着我，眼中带着深究：“真的？”

“当然是真的！”听到他这么不信任的语气，我顿时急了，连忙抬高了下巴，嘲笑道，“味道也不怎么样嘛！亏得他们还吃得津津有味，平民果然就是平民……”

“你……”克里斯眼中涌动着蓝色的波浪，我知道他生气了。

但是为了彻底摆脱他的怀疑，我起身将才吃了几口的泡面倒进了一旁的垃圾桶里：“这么难吃的东西，怎么会有人喜欢吃，就应该扔进垃圾桶才对！”

下一秒，我的手臂便被克里斯抓住了。

那双蓝色的大眼睛中带着暴怒的情绪，我甚至看到他眼中爆裂的红血丝，他狠狠地瞪着我，胸口剧烈地起伏着……

“你……你想干什么？”我害怕地后退了两步。

他……他不会是想要打我吧？

可是，克里斯却并没有，他只是狠狠瞪着我，半晌，突然甩开了我的手臂，冷笑着说道：“我真为你感到羞耻！”

“你说什么？”我忍不住也怒了！

他凭什么为我感到羞耻？如果不是他莫名其妙地出现，我正好好地享用着我的午餐呢！

如果不是他打扰了我的安静……

我愤怒地瞪他，克里斯却不仅没有退缩，反而越发嚣张了。

他微微靠近，用一种几乎只有我们两个人听到的声音讽刺地说道：“我看错人了！我发现你除了自私以外，还很浪费！”

说完以后，他不再理我，转身扬长而去。

我愣愣地看着他的背影，好半晌才回过神来，顿时忍不住怒气高涨，朝着他的方向怒吼道：“就算浪费又怎么样？我浪费的是自己的钱，关你什么事！”

说完，我虚脱地坐到了地上。

4.

因为中午被克里斯那个笨蛋搅和，我只吃了几口泡面就跑回了教室。

等到下午上体育课的时候，我已经觉得连走路都在飘了。好不容易熬到了体育老师宣布解散以后，我立刻朝着那个废弃的小花园跑去……

泡面，泡面，我的泡面……

可是走到那个小花园里藏泡面的地方，我却发现，原本放着我的泡面的地方居然一盒泡面都不剩了！

怎么会这样？

我忍不住疯狂地原地寻找了几遍，可是，都没有，没有！

我的泡面，整整一箱的泡面，我才吃了一盒，现在却一盒都不剩下了！

是谁？到底是谁偷了我的泡面？我都已经这么惨了，为什么连一盒泡面都要偷？

连日来的打击加上饥饿，愤怒已经让我迅速失去了理智。

我脑子里只剩下了一个念头：要是让我发现是谁偷了我的泡面，我一定让他好看！

我怒气冲冲地回到教室的时候，还没进门，已经闻到了从教室里散发出来的熟悉的味道……

我迅速冲了进去，果然看到有人在吃泡面——贝微微手中捧着和我同一个牌子的泡面，正吃得津津有味……

小偷，居然偷我的泡面！而且还吃得这么明目张胆……

“啪——”

我听到自己脑海中某根弦突然断掉了！

此刻，我的眼中已经只剩下了那一盒热气腾腾的泡面，以及吃得一脸满足的贝微微……

“你这个小偷！”我再也忍耐不住，快步冲上去，狠狠打翻了她手中的泡面……

“啊——”耳边传来贝微微的惊叫声。

我居高临下地看着她，心中总算舒坦了一点……

让你偷我的泡面！让你吃得津津有味！

凭什么我现在饿得肚子咕噜咕噜叫，这个小偷却可以偷吃我的泡面，还吃得津津有味？

“你在干什么？”下一秒，克里斯已经冲了上来，他伸手抓住了我的手臂，整个人护在了贝微微的面前。

这样保护性的动作，顿时让我心中的怒火烧得更加旺盛了，我狠狠甩开了他的双手，指向他身后的贝微微：“她是个小偷！”

“她偷了你什么？”

“她……她偷了……”

完了！

在这么多人面前，我才不要承认自己偷偷躲起来吃泡面的事情呢，我可是公认的校园偶像，作为一个偶像，怎么可以做出偷吃泡面这么失格的事情。

想到这里，我顿时沉默了下来。

我吞吞吐吐的态度，却让克里斯更加愤怒了。

他瞪着我，眼中的火焰几乎要掩盖住他眼底的蓝色，他恶狠狠地瞪着我，用一种仿佛面对敌人般的恶劣态度质问道：“她偷了你什么？我倒要看看你还想怎么狡辩？”

原来我在他的心中，不仅自私，而且还是一个喜欢狡辩撒谎的人吗？想到这里，我刚刚找回的理智顿时再次消失了！

“对，我就是狡辩了又怎么样？我就是看不惯她而已，明明就是一个胖妞，却还妄想着成为女主角！”

话音刚刚落，气氛就凝结了！

我……

我下意识看向一旁的贝微微，只见她此刻已经涨红了双颊，也不知道是委屈还是生气，连眼睛都变红了。

“道歉！”耳边突然传来克里斯盛怒的低吼，他此刻显然已经是被我气狠了，脸上带着明显的暴躁情绪，如蓝宝石一般的漂亮双眸中此刻已经卷积起了漫天的暴雪，他咬牙抓住了我的手臂，一字一顿地说道，“你必须为自己刚才的话语向微微道歉！”

虽然说出那句话以后我就后悔了，但是，克里斯强硬的语气却反而让我心中的内疚转为了恼怒……

对啦，反正在他的心中我已经又自私又爱撒谎还爱狡辩了，那么再多一个喜欢攻击别人的缺点也很正常吧？

“我为什么要道歉？我就不！”虽然害怕，我却还是梗着脖子回答道。

闻言，克里斯突然冷笑出声，像是失望到了极点，他反而平静了下来，轻声说道：“就你这样恶劣的个性，凭什么觉得别人一定会回应你的感情？”

“什么？”

我一时没反应过来他话中的意思，克里斯却突然沉下了脸，面无表情地说道：“我是告诉你，像你这样恶劣而且不会为别人着想的女生，我是无论如何也不会喜欢的！”

明明早就已经知道了他的回答，可是此刻听到他用一种如此嫌恶的口气，这么斩钉截铁地说出来，我的心却还是不可避免地被刺痛了。

对啦，反正他喜欢的一直都只有贝微微而已！

“呵呵，说得好像谁稀罕你的喜欢似的，喜欢我的人一大堆，想要做我男朋友的男生都已经排队排到不知道哪里去了，我需要巴巴地凑上去被你侮辱吗？”我故作不在乎地笑着，看着克里斯的脸色随着我的话语而变得铁青，我终于感觉到了一点报复的快感。

你让我难过，也别想我会让你好过！

想到这里，我忍不住再次朝他补充道：“难道你以为我真的喜欢上你了吗？上次的话只不过是我随口说说哄你开心的而已，傻瓜！”

“你……”克里斯的脸色终于彻底变成了黑色，他看着我，胸口剧烈起伏着，半晌，才一脸不甘地说道，“好，好，你真是……好样的！”我得意地笑着，心却在有了短暂的快感以后，苦涩到快要死掉了。

好难过……

为什么只是看到他眼中的厌恶，也会让人这么难受……

“那个……小希，我喜欢你，我可以邀请你共进晚餐吗？”身后突然传来一个嗫嚅的声音，随即一张高级餐厅的邀请卡递到了我的面前。我看着面前的克里斯，正想着应该怎么将自己从这个如泥沼一般让人窒

息的环境中拯救出来……

于是，我头也没回便回答道：“好啊！”

现在，不论是谁都好！只要能将我拉离这个让人窒息的环境……

克里斯的脸色变了又变，此刻，他原本英气的剑眉已经拧成了一条难看的毛毛虫……

终于有一次，在他的面前找回了女主角的气场，我应该开心的。可是此刻，不知道为什么，我反而感觉到了前所未有的茫然。

“啊？”身后传来男生错愕的单音。

我下意识回头，只见身后一个有着清俊外表的少年，正一脸错愕地看向我……

怎么了？傻了吗？

不是他邀请我的吗？

为什么我都答应了，他反而一脸呆滞，好像我做了什么不可思议的事情的模样。“小……小希，你答应我了？”好半晌，他才像是刚刚回过神来似的，不确定似的再次问道。

我矜持地点了点头：“当然！”

只是，看着眼前人兴奋的模样，为什么我突然有了一种不好的预感？在确定我答应了他的邀请以后，那个家伙立刻就跳了起来，大叫着：“呀，小希终于答应我的邀请了！”

简直……太丢人了！

我立刻后悔为了在克里斯面前扳回一局，而答应他的邀请了。

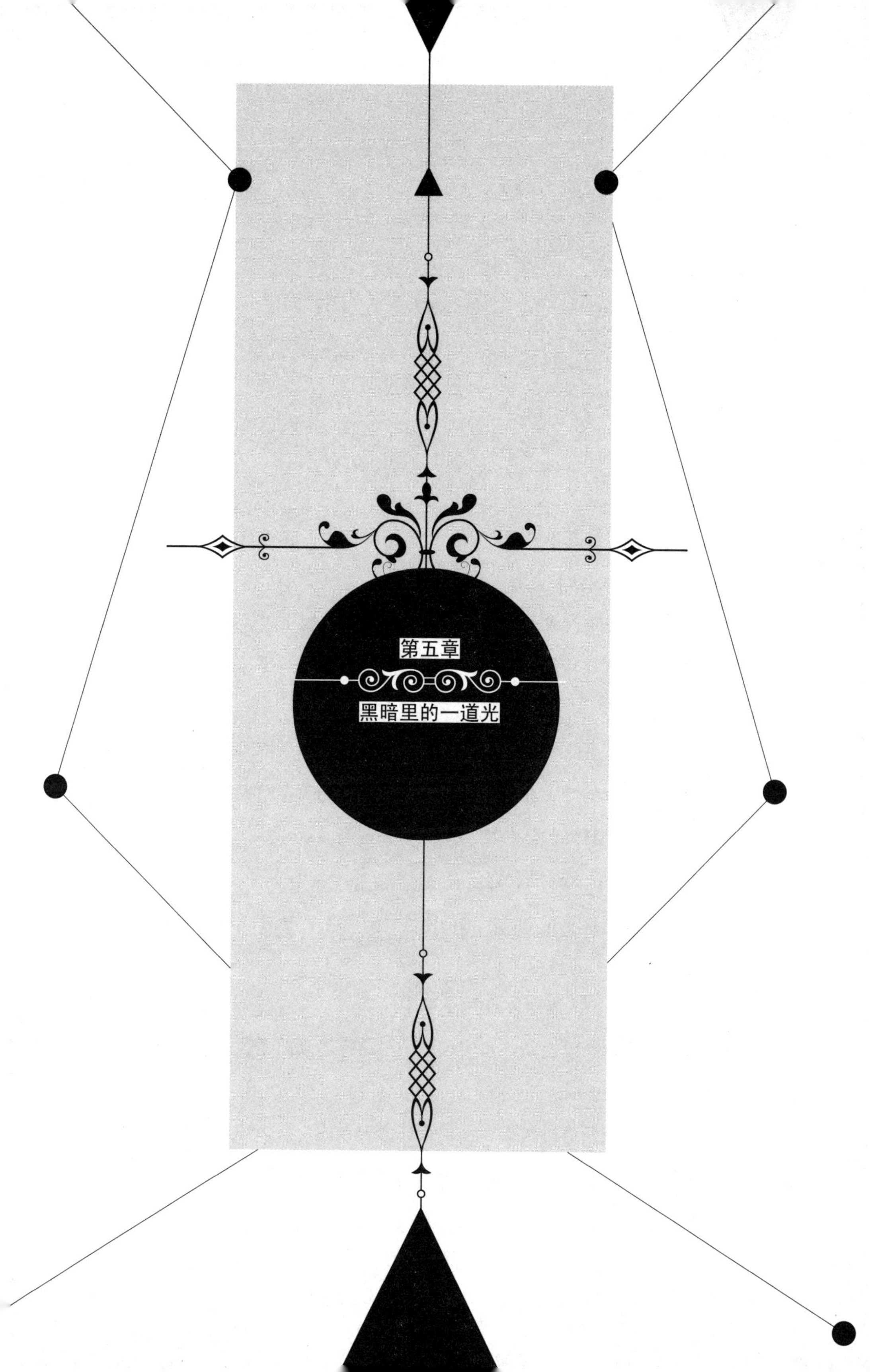

第五章

黑暗里的一道光

1.

在这所城市最奢华的酒店顶层的高级餐厅内，在昏黄的灯光下，客人们三两成桌，窃窃私语着。

整个餐厅被布置成了暗色的星空基调，天花板上设计成了半开放观景台模式，在这样晴朗的傍晚，整个浩瀚的星空，几乎都成了餐厅的衬托。

此刻，角落里的琴台上，悠扬的音乐从跳跃的手指间缓缓流出。而最边缘，在悬空的空中花园里，色泽鲜亮的食物正不断被穿着黑色制服的服务员端出，鲜红的阿拉斯加蟹、个头饱满的珍珠蚌、日本空运而来的河豚肉……各种美味的食物，应有尽有。

此刻，我穿着从家里带出来的唯一一件礼服，徜徉在琳琅满目的食物海洋中，忍不住深深叹息……

我又回来了，上流社会的生活！

衣香鬓影，觥筹交错，言笑晏晏……这样的画面才该是我希梨的生活缩影啊！

我从来没有任何时候像现在这么怀念曾经的生活，怀念那些被美好事物包围的生活……这两天暗无天日的生活终于见到了希望，我顿时觉得一身轻松。

当然，如果身后没有跟着那个像木头一样的家伙的话，就更完美了！

“小……小希，你还要吃什么吗？我帮你拿呀！”郝铭涨红着一张脸，呆若木鸡地跟在我的身后，手中已经端了两个装得满满的餐盘，正寸步不离地跟在我的身后。

“不用了，你自己去找个座位坐下吃吧！我想吃什么，会自己动手拿的！”我顿时忍不住想叹气。

对了，郝铭就是今天在克里斯面前，将我解救于水深火热之中的人。

其实，如果撇开他现在这一脸呆相来说，郝铭其实也算一个小帅哥啦！他长得虽然算不上亮眼，但是白皙细腻的皮肤，加上斯文的外表，清俊的面容……走在路上也是会让人瞩目的类型，更别说他现在穿着合身的礼服，腰板挺得笔直的模样了。

只是，此刻他脸上的表情却破坏了一切。

我听其他同学说，他似乎已经对我告白过无数次了，但是每次都以失败告终，只是没想到这次……

等等，我这次可也没答应他的告白，我最多……最多只是答应了他的邀请而已，这根本就是两个概念好不好？

想到这里，我的好心情顿时打了折扣。

哼，待会儿一定要找机会好好和他说清楚。

“怎么办？现在的一切都好像在做梦……”等到拿了想吃的东西入座，眼前的郝铭已经双手托腮，一脸梦幻般的笑容笑着说道。

我忍不住搓了搓手臂，顿时觉得一阵恶寒。

“多吃点，这里的食物还不错的……”我试图转移话题。

没想到这个家伙不仅没因此收敛，居然连夸张的星星眼都冒出来了：“好幸福，小希！你知道吗？我已经幻想过很多次这样的画面了……就我们俩，单独出来约会就餐……没想到现在居然真的实现了！”

“谁跟你约会了，我们这充其量也就是共同就餐！”我忍不住强调道。

这个家伙疯掉了吗？他以为简简单单的一顿晚餐，就能打动我吗？

这么一点点小事情就不淡定的傻瓜，我才不会喜欢上呢！

听到我的否认，那个叫郝铭的傻瓜脸上的表情顿时出现了短暂的呆滞，但是随即，他便又像是想到什么似的，呆呆地傻笑了起来。

我……

这种一拳打在棉花上的无力感是怎么回事？

算了，我都饿了两天了，可不能因为这个傻瓜而破坏了食欲，我决定努力开吃！

嗯嗯，好好吃……呜呜，好幸福！

虽然表面上，我还是必须努力维持着我的女神形象，不能显得过于狼狈，但是我消灭食物的速度却一点也没有因此而降下来。

哼，也不知道下一次再吃大餐是什么时候了，我要多存储点能量才行……

我快速进食的期间，郝铭正低头窸窸窣窣地似乎从口袋里掏出了什么，随即，他看了看我，一脸欲言又止的模样，脸色却再次慢慢变红了……

我假装没看到，起身又去拿了一盘食物，才慢悠悠回来……

只见他深吸了一口气，仿佛已经做好了思想准备，半晌，他抬头认真地凝视着我，从桌子下面摸出一个黑色的锦盒打开，开口说道：“小希，这条项链是我选了很久选中的，希望你能喜欢……”

黑色的绒布中，躺着一条小小的钻石项链，项链的吊坠是一个简单的四叶草形状……

我正想仔细看看，郝铭的下一句话却让我差点一口气没提上来……

他说：“希望它可以作为我们的定情信物……”

“什么？”定情信物？就这条破项链，就想做跟我的定情信物？

等等……现在的问题不是这个，谁要和他定情啊！

这家伙真的疯了吗？

我一口食物上不来下不去，忍不住剧烈地咳嗽了起来……

“小希，你怎么了？你别激动，我知道你现在很激动，但是身体要紧……真的……”说话间，郝铭已经走到了我的身边，轻轻为我拍着后背。

谁……谁激动了呀！你哪只眼睛看到我激动了？我是惊吓好吗？

等到好不容易停止了咳嗽，我立刻推开了他的双手，瞪着他大声说道：“谁……谁激动了？还有什么定情信物的？你什么眼光啊！这么破烂的东西也配送给我？哼！”

闻言，郝铭立刻难堪地低下了头，但是很快，他便又抬起了脑袋，双眼亮晶晶的看着我，不死心地继续说道：“那你喜欢什么样的？我们一起去选好不好……”

他到底听没听懂我的意思？

“问题根本就不是我喜欢什么样的项链，而是根本就不应该有什么定情信物！”我毫不留情地说完，害怕他再继续纠缠不休，干脆把桌面上的项链也一把扫到了地上，“什么破烂，丢脸死了！”

我看着盘子里还剩下的半碟食物，惋惜地叹了口气。

算了，反正我也吃得差不多了！

想到这里，我推开身边委屈得红了眼、苍白着一张脸、像是随时都能哭出来的少年：“我吃完了，多谢你今天的款待，我先走了！”

“小希……”身后传来男生颤巍的声音，“就……就不能给我一个机会吗？”

“不能！”我说完，头也不回地往外走去，身后立刻传来了男生呜呜的哽咽声。

一个大男生，哭哭啼啼的，真是丢死人了！

2.

从餐厅出来后，我独自走了一段时间后，才突然想到另外一个重要的问题。

今天晚上住哪儿？

我再也不想去跟人抢桥洞了，也不想去公园和银行自动取款机！

想到这里，刚刚吃饱的满足感顿时大大打了折扣。

我坐在路边的长凳上，抬头看着灿烂的夜空，深深叹了口气。

以前在贵族学校认识的那些朋友是不能求助了，他们说不定都已经知道我家破产了，那么就只剩下……

半晌，我从口袋里摸出了手机，拨通了小美的电话……

虽然，看小美平常的模样，想必家里应该很普通，但是这种时候，也顾不上什么挑剔条件了，只要有个地方暂时让我住下就好……

“喂？”电话那头终于传来了小美的声音。

“喂？小美吗？我是小希，那个……”我咬了咬牙，我希梨这辈子求人的次数都没有最近这两天多。

“小希，有什么事情吗？”不知道是不是因为有电话隔着，小美的声音听上去并不如从前一般热情。

只是，我现在已经什么都顾不上了，只能干笑着开口说道：“那个……是这样的，我家的别墅要重新装修，但是我又不想去住酒店，一点人情味都没有，所以……我能不能到你家借住几天？”

终于说出来了，我摸了摸发烫的脸颊，紧张地等待着她的回答……

“不行！”可是，没想到小美却直接语气生硬地拒绝了我，甚至连理由都没给我一个。

“啊？”

“我妈妈在喊我睡觉了！”说完，她不等我回答，便迅速地挂断了电话。

一直到被挂断了电话，半晌我都没回过神来……

她怎么了？我今天没做什么让她不开心的事情吧？

虽然小美莫名其妙的拒绝让我有点不爽，但是因为住宿的问题，我很快便忘记了这个问题。

天已经晚了，难道我还要在大街上流浪一个晚上吗？想到这里，我顿时觉得整个人都不好了！

现在到底要怎么办？呜呜……老爸，我好想你，想回到我们家……

等等，我为什么不可以回去我家？

虽然家里已经被查封了，但是我只要不动家里的东西就没关系吧？

想到这里，我顿时产生了一个大胆的想法……

我迅速往家里的方向走去，我记得小时候在后花园玩耍的时候，因为好玩，也为了不让小伙伴那么快找到我，我特意让仆人们在后花园开过一个密道。

每次躲猫猫的时候，我都会中途溜回别墅睡觉，或者从别墅跑到外面去，然后他们就怎么也找不到我了！

想到这里，我忍不住轻笑了起来……

如果时间可以回到那个时候就好了，我就再也不需要为吃住的问题烦恼了。

到家后，我从篱笆上爬进了后花园，然后从秘密通道溜回了别墅。

虽然家里所有的东西已经被查封了，但是，呼……以后总算有地方可以住了，只要不被人发现就可以了。

想到这里，我终于忍不住松了口气。

害怕被人发现，我不敢点灯，摸索着去洗手间搞了洗漱，还好家里的水电都还没停。

半夜，我又躺在了熟悉的床上，可是心里却一点也不觉得开心……原本理所当然拥有的一切，现在却多了一种不属于自己的感觉。

明明是在自己家里，却做什么都要小心翼翼地，害怕随时会被人赶出去，这种寄人篱下的感觉，让我忍不住心中阵阵发酸……

到底为什么，为什么一切会变成现在这样？

3.

等到最后的几百块也用完的时候，我终于不得不考虑一个更加现实的问题了，那就是——怎么赚钱养活自己。

可是，像我这样的校园偶像，是绝对不能让别人知道我在偷偷打工的。

所以，我只能像以前看的偶像剧中的女主角一般，乔装打扮。

只是，效果似乎并不如我想象的那么顺利，就好比现在……

“你被解雇了！”老板气急败坏地把我从咖啡店里赶了出来。

“等等，老板，那这两天的工资……”我顶着一头乱糟糟的假发，脸上戴着一副几乎占据了大半张脸的黑框眼镜，纠结地看向一旁的老板。

听到“工资”两个字，老板的眼睛顿时瞪得更大了，他那张圆得像是弥勒佛似的脸此时都涨红了，他恶狠狠地瞪着我，咬牙切齿地说道：“你还敢提工资的事情？就这么两天的时间，你自己数数你打坏了我多少餐具，更别提每次把客人点的东西送错桌，冒冒失失地打翻客人的饮料餐点，昨天甚至还差点将油壶撞倒在火上引起火灾，现在你还敢跟我提工资的事情？”

老板越说越激动，唾沫都快要飞起来了……

我忍不住默默往旁边让了让，小声忏悔道：“对不起……”

老板却仿佛没听到似的，接着数落道：“我没让你赔钱就算不错了，你还敢跟我提工资的事情！你现在，立刻，马上，给我出去！”

“对不起对不起……”提到赔钱，想到这两天打坏的东西，我顿时忍不住一阵肉疼，立刻什么也不敢多说了，灰溜溜地往外走去。

我真的已经努力了！可是为什么每次总是这么倒霉呢？

这一个多星期以来，我利用放学以后的时间，分别做过派发传单、卖水果、在麦当劳当服务员等多份工作，但是每次都不超过两天，就会被人扫地出门。

呜呜，为什么我会这么倒霉？

好吧，我知道自己做得有点糟糕，但是我以前在家的时候又没做过这种事情，会出点小错也在所难免的嘛！

为什么不给我一个改过自新的机会……

我漫无目的地在街上游荡着，努力注意着街道两边的店铺门口有没有什么招聘信息……

很快，一个零食屋招聘周末促销人员的招聘启事引起了我的注意……

只要穿着动物装站在门口，和路过的人合影就行？就这么简单？

这个我肯定可以做到的。

我立刻往店里走去，果然老板看了看我，随便问了几句，便让我明天来上班了。

第二天上午，我一早便来到了零食屋，可是领到道具后，我立刻就后悔了。

这个脏兮兮的东西真的是阿狸吗？而且隔着老远都能闻到的酸臭味是怎么回事？

想我堂堂的希家大小姐，真的要把这个脏兮兮的大东西套在自己的脑袋上吗？

可是，想到已经只剩下一个零头的银行卡，我便只能憋屈地戴上了那个臭烘烘的阿狸头套。

周末逛街的人总是特别多的，今天天气又热，很快，我便因为各种摆pose，被小鬼们纠缠而累得满头大汗了！

想到还要这样站一天，我就忍不住想要放弃……

“哇，是阿狸……”晃神间，又有一个小鬼冲了过来。

我还没反应过来，对方便缠着我的大腿开始往上爬了起来……

“哇，小鬼，你放开我！”

“放开，我要站不住了！”

“啊——”

终于……被那个小鬼拉扯着，我的身体忍不住往前扑倒。

“砰——”耳边传来一声闷响，我狠狠摔在了地上，头套也跟着滚了出去。

我顾不得疼痛，立刻大口大口地呼吸了起来……

呼，终于能够正常呼吸了！

“咦？你们快过来看看，这是谁呀？”耳边突然传来女生尖锐的嗓音，我顿时忍不住头皮一紧。

老天爷呀，你到底为什么要这么对我？

我干脆彻底趴在了地上，就让我死了吧！

可是对方却显然不打算让我逃避，一头短发的罗芊芊立刻在我面前蹲了下来，还伸手轻轻拨了拨我额前被汗水浸湿的刘海，一脸怜悯地说道：“哎呀，这不是我们的希梨大小姐吗？这是怎么了？怎么沦落到在街头扮玩偶的地步了？”

另外一个声音立刻接着说道：“上次在商场看到她我就觉得不对劲了，我就说嘛，她怎么迟迟不买单，原来是家里没钱供她挥霍了呀……”

“是呀是呀，难怪我们当时一开口问，她就突然晕倒了，一定是装的吧……”

喂，你们够了！

我涨红了双颊，怒视着她们……可是却发现自己一句反驳的话都说不出口，只因为，她们说的都是事实。

“哎呀，你们怎么说得这么难听呀！”耳边再次响起了罗芊芊熟悉的尖锐嗓音，下一秒，她已经轻轻拍了拍我的脸颊，凑近我，一脸讽刺地说道，“她现在这个模样，分明就是一只丧家之犬好不好？”

说完，她们便哈哈大笑了起来。

此时周围已经围了一圈人，大家看着我们指指点点的，那一张张或看戏或鄙夷的脸，顿时让我恨不能找个地洞钻进去。

简直是奇耻大辱，我从来没有过像现在这么难堪的时候……

想起昨晚小美冷冰冰的拒绝，我突然发现，从我家出事起，帮忙的朋友没有几个，落井下石的人却层出不穷……

原来，这些年以来，我的敌人已经比朋友要多得多了吗？

想到这里，我便忍不住有些气馁。

我正自暴自弃地想要开口，耳边再次传来了熟悉的声音：“亲爱的，抱歉我来晚了，你怎么摔倒了？”

随即，一只骨节分明的大手出现在了我的面前。

围观人群立刻发出了兴奋的叫喊：“哇，好帅！”

“太帅了，他们是混血吗？”

“而且身材也好好，简直像是时装模特似的……”

咦？发生了什么？

我茫然地顺着那只大手往上看去，首先映入眼帘的便是一头浅金色的蓬松短发，随即才是那双让人又爱又恨的宝石蓝双眸……

是克里斯！

见我看向他，他立刻在别人看不到的角度朝我眨了眨眼，才继续宠溺地说道：“怎么了？摔傻了吗？”

克里斯自顾自地说完，见我还是没有反应，他忍不住叹了口气，眼也不看地伸手推开了一旁的罗芊芊：“抱歉，麻烦让让！”

说完，他便伸手扶起了我，一脸宠溺地摸了摸我的脑袋，不舍地说道：“亲爱的，谢谢你！居然让你这么委屈地为我准备生日惊喜，我真是太喜欢了！”

“克里斯……”

这样温柔的克里斯……

我是在做梦吗？

我忍不住茫然地想到，明明前几天的时候，他还因为贝微微，一脸嫌恶地对我说：“我是怎么也不可能喜欢上你的！”

“嗯，我在呢……”眼前人温柔地将我扶了起来，充满爱意地注视着我。

我果然是在做梦吧！

我下意识回头看向罗芊芊，只见她脸上得意的表情，此时已经消失得一干二净。

她气急败坏地看了看我，又看了看我身旁的克里斯和安辰禹，愤愤地对她身后的同伴们说道：“哼，我们走！”

我这才注意到，克里斯身上居然穿着正装，而一旁的安辰禹也是……一看就价值不菲的服装，卓尔不凡的气度，这大概也是罗芊芊会什么都没说，就转身离开的原因吧！

“一场误会，大家都散了吧！”安辰禹一脸冷淡地对周围围观的人群说道。

克里斯静静地看着罗芊芊她们离去，他仍旧保持着将我轻轻拥在怀中的姿势，虽然隔着厚厚的玩偶服装，我却还是仿佛感觉到了从他掌心散发出的热度，我的心脏控制不住地加速了跳动……

“扑通……扑通……”

怎么办？我的心脏都好像要从嗓子里跳出来了！

他怎么会突然出现？是特意来找我的吗？他是不是终于发现自己那天说得太过分了，所以特意跑来向我道歉的？

我胡思乱想着，就连他已经收回了视线都没注意到，直到他突然伸手推开了我……

我茫然地回神，只见克里斯脸上已经恢复了之前的冷淡，他面无表情地说：“别误会！刚才的一切只是演戏而已，我只是不喜欢那个女生的嘴脸！”

说完，他不再看我，转身离去。

“我……”我下意识张了张嘴，却不知道该说点什么。

而一旁的安辰禹，他一直静静地看着我们，此刻，突然给了我一个意味不明的眼神，也跟着离开了。

4.

星期一早上，我刚刚赶到学校的时候，便立刻敏感地感觉到了学校的气氛不对。

一路上，大家看向我的眼神都怪怪的，还不断有人朝着我指指点点的。

我下意识看了看自己身上的校服，又下意识瞅了瞅从窗户玻璃中映出来的，我的身影……

没什么不对啊！

大家到底怎么了？

很快，我就知道了原因。

我刚刚走到教室，里面窃窃私语的声音便顿时停了下来，所有人都面色诡异地抬头看向我，下一秒，议论声却更加沸腾了。

平常一直看我不顺眼的那几个女生更是放大了声音，嘲讽地看向我说道："我就说，像她那么虚荣的女生，怎么会突然穿校服来学校了？"

"对啊，还说什么体验穿校服的感觉，虚伪！家里破产了就破产了，有什么不好承认的！"

……

"轰——"我的脑海中，顿时有什么爆炸了！

他们都知道了？他们居然都知道了！

想到这里，我顿时觉得整个天都塌下来了。

我下意识看向了教室里平日里那些总是跟在我身后的男生们，却见他们一个个都低下了头。

呵呵，这就是他们所说的“无论如何都会支持你”吗？什么偶像？什么追捧？原来都不过如此肤浅！

当围绕在你身边的光环褪去，当失去了那层高高在上的保护膜，才发现……所有一切都不过如此！

“有些人的思想我们不懂的，他们向来把面子看得比生命还重要……”

“这么说起来，我还看到她去买泡面了，当时我还以为自己看错了呢……”

……

我下意识看向克里斯的方向，却见他正蹙着眉头看向我，漂亮的蓝色眼眸中有着我不懂的复杂情绪。

我在心中冷笑，希梨，你还在幻想什么？希望他可以冲出来维护你吗？

别傻了，以你们现在的关系，人家现在没跑过来落井下石已经是对你最大的仁慈了。

这样想着，我也不知道是难过还是庆幸，只是默默走到了自己的座位上坐下。

这样也好，起码我不再需要伪装了，这样想着，我顿时自欺欺人地松了口气。

可是，老天爷似乎总喜欢开这样的玩笑，当你以为一切已经坏到不能再坏的时候，它一定会用事实告诉你，你现在还没到谷底。

午间休息的时候，我一个人躲在天台，安辰禹突然找了过来。

他今天并没有穿校服，而是穿着整齐的三件套西装，他上午没有来上课，听说似乎是跟学校的老师们出去拉赞助了。

此刻，他衬衫的扣子已经解开了几颗，深色的西装外套随手挽在手上，衬衫袖子已经挽到了手肘处……

我几乎可以想象，他以这副模样出现在校园的时候，引起了多少女生的尖叫声。

“希梨……”

“什么事？”我没什么情绪地瞟了他一眼。

他也是来嘲笑我的吗？

对，我家是破产了！我现在已经一无所有了！

我想要朝他怒吼，可是最后的一丝矜持提醒着我：别傻了！生气有什么用呢，怒吼又能如何？那不过是证明你输不起罢了。

想到这里，我便立刻抿紧了双唇。

可是，我显然误会了安辰禹，他原本就不是一个会对别人的私事多加八卦的人，所以，他要说的事情也和我所想的没有一丝一毫的关系。

“希梨同学，刚才班主任老师已经告诉我这次的考试结果了，你的综合成绩年级倒数第一，所以学校已经下了通知，如果你的考试成绩下次还是不能提高的话，那么很抱歉，学校对你就只能做出劝退处理了！”

倒数第一？

呵呵，我这是已经山穷水尽了吗？

如果是在几天前，我一定会毫不在意地把这些话当面甩回说出这些话来的人身上，毕竟哪怕我的成绩再差，有老爸在我什么都不怕。

可是现在……

我突然发现，失去了老爸的庇佑，失去了希家大小姐这层光环，我突然什么都不是了。

不会照顾自己，不会赚钱，甚至连学习都一窍不通……

“这就是你来找我的目的？”我冷冷地凝视着眼前的男生，突然发现，这一刻我宁愿他是嘲笑我家破产的事情。

起码我还可以死撑着鄙视他们：你们这些肤浅的人，我就知道你们之前对我的膜拜都只是因为一些表象……

可是安辰禹的话却让我觉得，自己的内里是如此的绵软无力。

他点了点头：“是的。”

“我知道了，你走吧！”我看着他平静地说道。

如果这是老天爷想要彻底地摧毁我，那么好吧，它做到了！

等到天台上再次只剩下我一个人的时候，我默默地靠着栏杆坐了下来……

反正我什么都没有了，就让我这样自生自灭吧！

这样想着，我绝望地闭上了双眼……

……

“零零零——零零零——”

不知道过了多久，手机铃声将我从那个黑暗的深渊中拖离……

我低头看了看手机，屏幕上是一个陌生的号码，我原本不准备接的，可是转念一想，也许是厉叔叔打来的，我便立刻接通了电话："喂，厉叔叔吗？"

"小希，是我……"手机里传来熟悉的沙哑嗓音，让我顿时红了眼眶。

"爸爸……"我颤抖着叫道，眼泪在这一刻突然汹涌而出。

5.

"呜呜……爸爸，爸爸……"我抽噎着，抱着电话号啕大哭了起来。

爸爸似乎被我吓到了，短暂的沉默后，便焦急地叫了起来："宝贝儿，你怎么了？你别哭啊，受什么委屈了？你告诉爸爸，爸爸跟你一起想办法好不好……"

他这样关怀的语气，使我顿时觉得更加委屈了，我的眼泪也流得更凶了，怎么止也止不住……

"呜呜……我……嗝……爸爸……我想你，你回来……好不好？"我抽噎着，想要将这段时间以来的所有委屈狠狠地哭出来。

耳边传来一声沉重的叹息，半晌爸爸才沙哑着嗓音轻声回答："宝贝儿，爸爸也想你！"

"呜呜……你快回来，我不要一个人……都没有人肯帮我，我不要一个人睡在空空荡荡的房子里，不要每天吃泡面，不要每天被同学们嘲笑，不要被老师批评，呜呜……我不想上学了……呜呜……好难过……"

我一股脑地将心中的委屈都喊了出来，明明之前一切都还好好的，为什么突然会变成这样？

呜呜……我不要，不要现在的生活！

电话那头顿时沉默了下来，半晌，爸爸才哑着嗓子轻声对我说道：“宝贝儿，别哭了……你安静下来，乖乖听爸爸说好不好？”

我抽噎着，好半晌才努力平复了情绪，哽咽着点了点头：“嗯。”

“你从小就是爸爸手心里的宝贝，因为你妈妈早逝，我总担心你一个人会孤单，会委屈，所以总想把最好的东西都捧到你的面前，哪怕你不爱学习，爸爸也一直觉得没什么，只要我们的小希开心快乐就好。这次的事情，爸爸知道你会害怕，所以虽然很早以前我就知道了，可是我却一直不敢告诉你，因为我担心我们家的小宝贝在知道这个消息后，会接受不了事实。所以爸爸之前突然让你转学也是因为这个事情，希望你可以提早适应普通学校的生活，希望你在这里可以尽早习惯普通人的生活……只是没想到……唉！”

原来这才是爸爸让我转学的真正原因，我忍不住心中阵阵抽疼，我是不是让他失望了？

这还是爸爸第一次用这么温柔的声音和我说话，在此以前，我一直以为他的心中只有工作，对我虽然有求必应，也只是一种补偿心理。

想到这里，我忍不住眼眶再次泛红：“呜呜，对不起……”

“不要说对不起，爸爸只希望我的小希，哪怕是在爸爸不在的时候也能好好的……”爸爸说着，突然清了清嗓子，郑重道，“小希，爸爸希望你可以好好坚持下去，等到我出去的时候。爸爸也会坚持，直到找到陷害我的人，好不好？”

“嗯！”所有的绝望都因为爸爸的话而消失了，此刻，我的心中涨得满满的。

我并不是一个人了，起码我还有最爱的爸爸在关心着我，和我一起奋斗！

挂断电话后，我顿时觉得整个人都充满了力量，我堂堂希家大小姐是绝对不会因为这样就一蹶不振的。

老天爷，如果这就是你对我的考验，那么来吧！我希梨接受你对我的考验！

我绝对不会退学，也不会给爸爸丢脸的。

我要努力学习努力生活，等到爸爸出来的时候，让他为我感到自豪！

“啊——为什么这些题目这么难？”晚自习下课后，我狠狠咬着笔头，看着一本本像是天书一般的习题集，顿时觉得整个人都快要疯掉了。

呜呜……早知道我以前上课的时候就好好听课了。

现在怎么办？好想睡……

不行，希梨，你不能放弃！

我狠狠瞪大了双眼，继续看向桌上的习题解析……

“已知a、b、c是△ABC的三个内角……”

我正对着数学习题集绞尽脑汁，面前的课桌突然被敲响了。

我茫然地抬头，只见克里斯正抱着自己的书本站在我的面前，浅金色的短发软趴趴地覆盖在他的额前，他如蕴含着一汪碧蓝海水的双眼此刻正一眨也不眨地看着我……

他来干什么？有什么事情吗？

还是说，他也是和其他人一样，来看我笑话的……

“有什么事情吗？”我安静地看向他。

克里斯却什么也没说，只是伸手从怀中摸出了一个笔记本，丢到了我的桌面上。

“什么？”我茫然地看着他。

“我愿意给你补课……”克里斯认真地看着我，那双漂亮的蓝色眼眸中闪烁着认真的光芒。

“咦？”他怎么突然改变主意了？

他之前不是说再也不愿意给我补课了吗？

我正想问他为什么，他已经伸出了一个手指，接着说道：“但是有一个条件！”

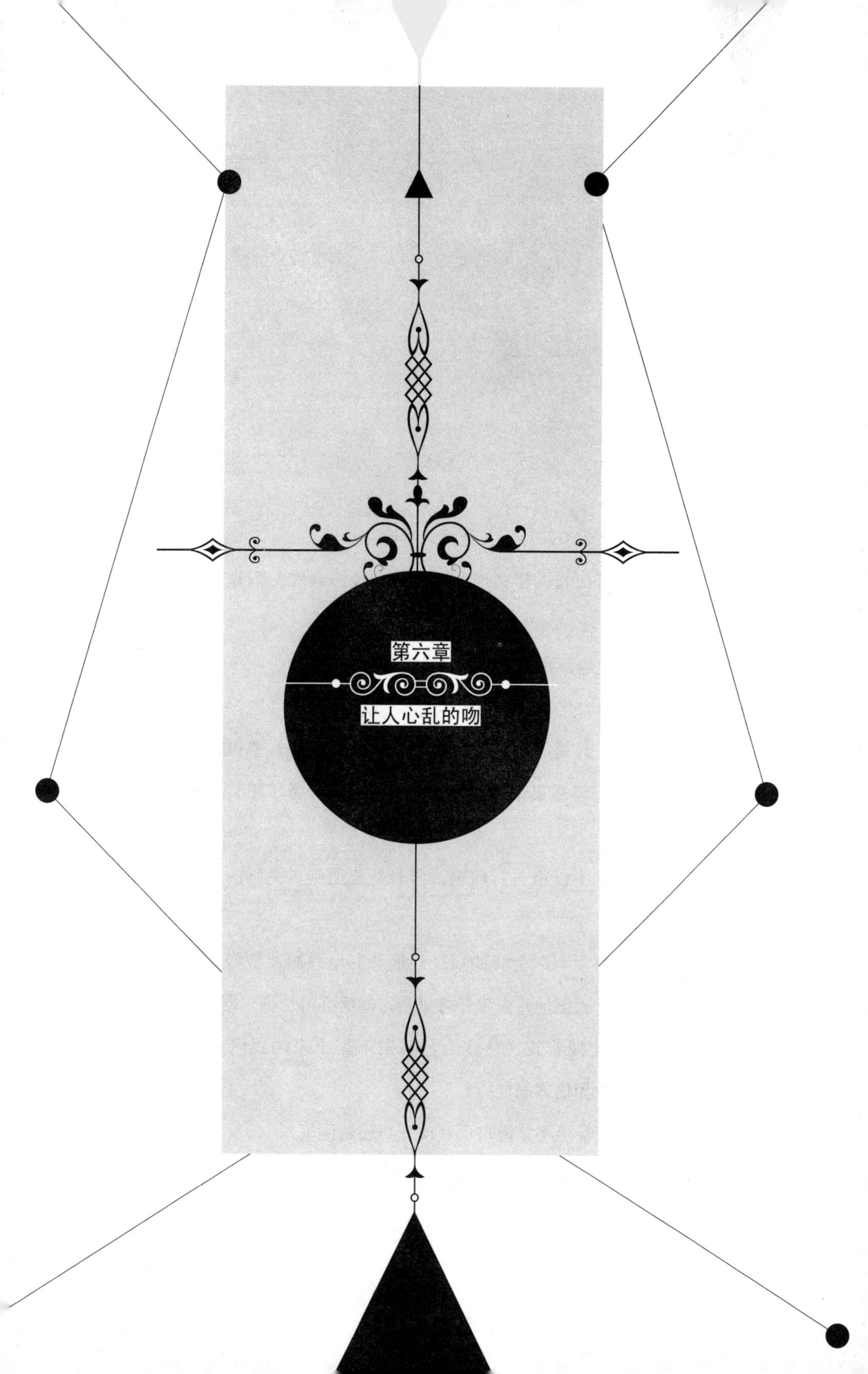

第六章

让人心乱的吻

1.

“什……什么条件？”我茫然地看向克里斯。

“你必须答应帮助微微成为新一代的校园偶像！”克里斯笃定地说道。

原来这就是他帮我的原因？又是因为贝微微！

可是……新一代的校园偶像？

“哈哈哈，你是不是对贝微微太有信心了一点，要说换成别人或许还有点可能……但是贝微微？你也太看得起贝微微了吧！”我忍不住哈哈大笑了起来。

克里斯现在不仅审美有问题，而且只要遇到贝微微的问题，他就理智全无了吧？

克里斯难得没有因为我的质疑而恼怒，他静静地抱着书本站立在我的面前，白衬衫随意地扎在牛仔裤里面，却美好得仿佛一幅画似的。

他深深地注视着我，从浅金色头发下露出来的蓝色双眸坚定而专注，他说：“我相信你的能力！”

这一刻，我甚至不知道自己是该开心还是生气！

该开心的是，起码他觉得我是一个合格的校园偶像；生气的是，他对贝微微的专一……

心里酸酸的，贝微微真的有那么好吗？

“你能告诉我，你为什么会这么喜欢贝微微吗？”我终于还是忍不住问道。

克里斯闻言一怔，半晌，他才深深看了我一眼，像是陷入了某种久远的回忆一般，叹了口气，轻声说道：“很多事情，不能看表面的。”

“什么？”

克里斯干脆放下了手中的书本，在我对面的座位上坐了下来，满脸怀念地说道：“其实我小的时候很自卑，喜欢着一个很可爱又很活泼的女生，那个女生就像一个发光体一样，吸引着无数人的靠近，大家都想要和她一起玩，我也和那些爱慕者一样喜欢着那个女生……”

“那个女生是贝微微？”

原来他们那么早以前就认识了吗？

看着克里斯瞬间柔软的表情，那双蓝宝石般璀璨的双眸似乎因为回忆变得更加耀眼了。

我心里忍不住阵阵发酸，原来是那么早便已经开始的感情，难怪克里斯会这样……

克里斯回头看了我一眼，并没有回答我的问题，他叹了口气，接着说道：“可是她却根本看不到渺小的我，所以……我离开了原来的地方，努力让自己变得更加优秀，然后……”

克里斯说到这里突然停顿了下来，只是恍惚地看着我的方向……

“然后怎么样了？”我忍不住焦急地催促道。

难道，真的像他在刚刚转学时所说的，他这次回来也是为了贝微微？

克里斯一愣，随即才回过神来似的，挑了挑眉看向我："你想知道？"

"嗯嗯……"我点了点头，就当是为了让自己死心吧！

克里斯神秘兮兮地凑近我，剔透的蓝眼睛中仿佛蕴含着神奇的魔力，他朝我招了招手……

我下意识朝他的方向伸了伸头，当我们的脑袋几乎快要靠到一起的时候，克里斯却突然歪了歪头，在我的耳边轻声说道："等到微微赢得了校园偶像冠军的时候，我就告诉你！"

我……

怎么办？

我现在好想打他！

不过……

"什么校园偶像冠军？"我怎么一点也不知道。

"咦？你不知道？你不是公认的校园偶像吗？"克里斯一脸疑惑地看向我，好像我说了什么奇怪的事情似的。

"偶像什么的，不是别人随便叫的吗？我刚转过来，大家就这么叫了，所以我还以为……"我比克里斯他们转到这所学校的时间并没有早多少，所以有些事情也并不是很清楚。

"你……"克里斯匪夷所思地看着我，半晌他才轻叹了口气，接着说道，"学校每年都会举办一场校园偶像的评比活动，至于你……大概是优势太明显，所以大家直接略过了比赛吧！"

所以……

"你这是在夸赞我天生丽质吗？"我忍不住有些得意。

闻言，克里斯立刻一脸被噎住的表情，随即，他便失笑地看向我，一脸无奈："对对对，所以……你的答案呢？"

"什么答案？"我还沉浸在他难得的赞美中，好吧，虽然并不是直接的，一时没有反应过来。

"帮助微微成为新一代的校园偶像……"克里斯再次强调道，仿佛"校园偶像"的称号已经手到擒来似的。

"好吧，我试试……但是贝微微，我可不敢保证她一定会成功。"

虽然目前而言，我别的优势没有，但是要说如何让一个人展现出她最美好的一面，那绝对没有人比我更有信心了。

只是，因为对象是贝微微，我的自信心稍微有点打折扣罢了。

"那就这么说定了，我相信你一定可以的！"克里斯脸上立刻露出了笑容，更显得那张棱角分明的脸孔越发英俊帅气了！

好吧，虽然再次被间接肯定了！

但是，我一点儿也不开心好吗。

"不过马上就要考试了，我希望你能尽快安排补习……"想到那些让人头疼的习题，我再次觉得头隐隐发疼。

"没问题，包在我的身上！"克里斯拍了拍胸口，一脸自信。

2.

克里斯果然信守承诺，到了第二天中午的时候，他已经写好了详细的补习计划。

一直到考试前，每天安排了补习，而且从简单到复杂，安排得很仔

细。

而作为对他的回报，我也很快做出了对贝微微的训练计划。

此刻，我们正坐在学生会的小会议室，我看着对面，几乎是堆在凳子上的贝微微，忍不住轻轻叹了口气。

听到我的叹息声，贝微微下意识看了我一眼，缩了缩脖子。

大概是上次泡面的事情，把她吓到了吧？

“抱歉，体育课那天……是我误会了点事情，所以情绪有点失控……并不是故意针对你的！”我摸了摸自己的发梢，有点尴尬地说道。

毕竟，既然打算帮助贝微微夺得“校园偶像”的称号，未来我们相处的时间肯定不会少，我可不希望每天面对一只惊慌失措的肥兔子。

似乎没想到我会开口道歉，贝微微惊讶地抬头看向了我，她连忙摆了摆手，一脸惊慌失措地说道：“没……没关系，我知道你不是故意的。”

而克里斯听到我的道歉后，也惊讶地抬头看了我一眼，随即便双手环胸，靠在了身后的椅背上，如蓝宝石一般的漂亮眼眸中瞬间蒙上了一层白雾，他深深注视着我，似乎在思考着什么，却并没有开口。

被他这样注视着，我顿时觉得有些尴尬，忍不住干咳了一声，转移话题道：“那既然是这样，我们就好好了解一下你的情况吧，你现在每天是怎么来学校的，大概要多长时间？”

“我每天坐公交车，大概二十多分钟到学校……”

我点了点头，认真地在本子上做着记录：“那你每天的饮食大概是多少，都吃些什么？”

闻言，贝微微立刻一脸尴尬地看了看我，又一脸不好意思地看向了旁边的克里斯……

好吧，食量是每个胖子心中无法言说的伤。

我忍不住看了一眼旁边仍旧一脸毫无所觉，等着听结果的克里斯，突然就有点同情面前的胖妞贝微微了。

“克里斯，我们今天干脆就在这里补习吧，能不能麻烦你现在去教室把我的书包拿过来？”

闻言，克里斯像是终于了悟似的，点了点头，便转身离开。

最终，在他回来前，我已经差不多敲定了对贝微微每天的训练计划……

“食量方面，第一周每天早餐减一个包子，正餐减一碗饭；之后每周递减，直到她每餐只吃一碗米饭，早餐只吃一到两个包子为止。早上提前半小时出门，步行来学校，每天晚上先沿着操场跑十圈……大概就是这样，到时候如果有什么问题，我们再根据实际情况调整……”我将本子上记录的事项一一念给眼前的贝微微听。

“那个……”贝微微突然打断了我，她嗫嚅着，一脸为难道，“我们一定要这样训练吗？校园偶像什么的，我肯定不行的……”

“过度自卑，不自信！”我在本子上接着写道。

这似乎是大多数胖子的通病，因为肥胖，所以被嘲笑，然后自卑，然后恶性循环……

“你都还没试，怎么知道自己不行！”我快速在本子上画了一个圈注，忍不住抬头看向面前的女生。

贝微微咬了咬牙，脸上的表情却还是畏畏缩缩的，黑框眼镜后的双

眸在对上我的双眼后，迅速闪避开去……

我忍不住叹了口气，接着说道：“就算不成为女神，难道你不希望像其他女生一样可以穿漂亮的裙子，然后走在路上虽然不会太引人注意，但是起码不会被人嘲笑吗？”

闻言，贝微微的眼神果然亮了起来，但是很快，她便再次弯下了宽厚的背，嗫嚅着说道：“可是……”

“可是什么？”

“我真的可以吗？”

贝微微一脸不确定地看着我。

“试试就知道了！总比你什么都不试就认命强！”我轻笑着朝她举了举拳。

其实如果不是老爸的电话，我自己说不定也是什么都没做，就选择放弃了。

这样想起来，我和贝微微好像有点像呢，只是她的不自信表现在外貌问题上，而我的挫败却是来自学习。

这样想着，我突然多了几分想要认真改造她的心情。

贝微微似乎终于被我说动了，坚定地朝我点了点头：“嗯，我会努力的。”

“加油！”我微笑着鼓励她。

不经意间却撞上了克里斯的视线，他不知道什么时候已经回来了，正拿着我和他的书包站在会议室门口……

不知道想到了什么，他脸上的表情有些飘忽，见我看向他，他突然扬唇，朝我竖起了大拇指……

我心中有些得意，心脏都开始加速跳动了起来，但是只要想到这所有的夸赞都只是源自他对贝微微的关怀，我的心便再次落回了原来的位置。

我收回目光，再次看向面前的贝微微，有些赌气地对她说道："现在，你先去操场跑十圈再回来吧！"

"啊？"似乎没想到计划会实施得这么快，贝微微脸上的表情显得有点呆。

"怎么？嫌太快了吗？要知道，校园偶像的比赛很快就要开始了，给你的时间并不多！"我忍不住严厉地说道。

"对不起……"贝微微说完，便一脸仓皇地往外跑去。

在门口，撞到克里斯的时候，贝微微显得有些惊慌，克里斯却轻轻揉了揉她的脑袋，笑着朝她握了握拳："加油！你一定可以的！"

那么温柔的眼神，和面对我的时候，还真是截然不同呢！

等到贝微微的身影消失在门外，克里斯这才进门，将我的书包递给我，说道："那么，我们也开始吧……"

所有的一切，好像都重新开始了！

虽然每天的学习很痛苦，但是从最初听天书的状态走出来以后，我突然发现原来学习也可以是一件这么有成就感的事情。

尤其是每次解出一道题时，克里斯开心的模样，让我觉得所有的辛苦都是值得的。

也许冥冥之中，我还是期待着克里斯的肯定吧！

而与此同时，贝微微的变身行动也在艰难地进行着。

可是，却似乎并没有我想象中的顺利……

今晚，因为克里斯和安辰禹要一起出席家庭的宴会，所以他没有陪我补习。

此刻，我一个人坐在学生会的会议室看着书，顺便等待着贝微微跑完步回来给我讲解我不懂的习题。

从上次以后，因为克里斯觉得学生会的会议室比较方便他给我补习，便干脆跟安辰禹借了会议室的钥匙，学生会没有会议的时候，我们就都在这里复习功课了。

平常贝微微跑完十圈，起码要一节晚自习才能回来，可是今天，她才刚刚出去，不到半个小时却又跑回来了……

"我受不了了，我不要成为什么偶像了！"她肥嘟嘟的肉手狠狠拍在我面前的桌面上，发出一声巨响。

彼时，我正努力思考着一道几何题的解法，被她这一下吓得差点直接从座位上跳了起来。

"怎么了？"我茫然地看向她。

她此刻已经跑得满脸通红了，身上蒸腾着一层热气，汗水从她的每个毛孔中蒸腾而出……

虽然看上去有几分狼狈，但是比她从前死气沉沉的样子多了几分生气……

一切不都在朝着好的方向发展吗，为什么突然想放弃？

"这样一天接一天的，吃又吃不饱，还要累个半死，可是根本什么变化都没有，我到底为什么要做这些事情……"贝微微几乎是一股脑地发泄着心中的不满。

我静静地听着她的抱怨。

减肥这种事情，其实大多数女生都应该经历过，阶段性地对眼前的一切都充满了希望，然后又可能在某个时间点突然觉得，这一切根本毫无意义。

我正想开口安慰她，毕竟这段时间以来她的努力并不是全无收获，起码她从前根本看不出线条的五官，此刻终于有了一点轮廓；原本总是勒着身体的校服，此刻看上去，也总算有了点空余，只是她自己每天面对着自己，没有察觉到这些改变而已。

可是我的话还没说完，贝微微却接着说了下去："我不要再这样下去了，就让我一直胖下去吧，我宁愿像从前那样，也不想再这样每天没日没夜地进行魔鬼训练了！"

听到这里，我顿时觉得脑海中似乎有根弦崩断了！

脑海中不由自主地又想起了那天夜晚，克里斯抱着书本出现在我桌前的画面，他说："我可以帮你补课，但是有一个条件！"

又想起了贝微微开始训练的第一个晚上，他们擦身而过的瞬间，克里斯一脸温柔地对她说："加油，你可以的！"

……

可是现在，她却身在福中不知福，只是受了一点小挫折，就想要放弃。

开什么玩笑？

她知不知道……知不知道我有多羡慕她的幸运。

"开什么玩笑！克里斯对你那么好，甚至还为了你答应为我补课，他希望你可以完成蜕变，你怎么可以这么不争气！"我忍不住生气地朝

她怒吼道。

闻言，贝微微终于沉默下来，脸上却带着我所不明白的迷惘……

她无力地在一旁的座位上坐了下来。

半晌，在我以为她是不是已经被我说服的时候，她才再次抬头，一脸茫然地说道："其实……我一直觉得克里斯好像并不是真正地喜欢我。"

3.

"其实……我一直觉得克里斯好像并不是真正地喜欢我。"一直到回家的路上，我的脑海中还回荡着贝微微的话。

我必须承认，听到那句话的瞬间，我可耻地感觉到了一丝窃喜。

但只是那个瞬间，毕竟……

这可能吗？

那么高调的告白，然后在学校各种示爱，现在甚至还为了让她变得更加美好，而答应帮他最讨厌的我补习功课……

如果克里斯那样还不算真正的喜欢，那到底要怎么样才能算真正的喜欢？

是不是所有人在爱情中都会这样疑神疑鬼？

这样想着，我顿时觉得自己有些可笑。

"笨蛋希梨，你在蠢蠢欲动什么呢？人家都已经明确拒绝过你了！"

现在的我，首要的目标应该是好好学习，等待爸爸出来的时候给他一个惊喜才对，想这些乱七八糟的有什么用。

想到这里，我顿时清醒了过来，摇了摇头继续往前走去。

“咦？那不是……郝铭吗？”

拐了一个弯后，前方突然出现了一个熟悉的身影。

因为发现有人穿着我们学校的校服，所以我下意识地多看了几眼，这才认出了他，只是……

他怎么看上去一副好像累到随时都会昏倒的样子，发生了什么事情？

好吧，我绝对不是在担心他会晕倒才跟着他的，我只是……只是有点好奇他为什么会把自己弄得这么狼狈而已。

这样想着，我顿时为自己的行为找到了借口。

只是，当我远远跟着他，越走越偏，最终停留在了一所破破烂烂，像是随时都可能倒塌的房子面前时……

我顿时惊呆了！

这……这难道就是他家？

可是，他之前明明还请我吃饭，去那么贵的餐厅，一定是我搞错了吧！

就在我胡思乱想的时候，郝铭已经就着路灯从书包中找出了钥匙，打算开门……

我终于忍不住跳了出来，大声叫道：“郝铭！”

他似乎被我吓了一跳，钥匙都掉到了地上。

回头看到是我，他惊讶地瞪大了双眼，脸上瞬间闪过一丝难堪：“小……小希，你怎么会在这里？”

“这里是你家？”我并没有回答他的问题，只是直直地盯着他的双眼问道。

听到我的问题，他立刻尴尬地垂下了视线，脸上迅速弥漫上了一层薄红。

他伸手从地上捡起了钥匙，边开门边对我轻轻点了点头：“嗯。”

随着“吧嗒”一声轻响，房门被打开了，郝铭打开了房间里的灯，随即，整个屋子的摆设彻底暴露在了我的视线中……

客厅里什么都没有，只有一组破旧的沙发和一个歪歪斜斜的茶几，茶几上此刻还摊开着几个菜碗，想来也充当了他们的餐桌。

厨房里看上去也同样简陋，其他还有两个房门紧紧关闭着。

所幸的是，虽然破旧，但是房子看上去还算整洁。

他尴尬地看着我，轻声说道：“我爸妈还没下班，你要不要进来坐一会儿？”

“既然你家这么穷，为什么还要送我那么昂贵的礼物？”

“我……我以为你会喜欢……”似乎又想到了那天的事情，他脸上的表情有点尴尬，又有点伤心。似乎害怕我误会，他连忙慌乱地解释道，“那些钱都是我自己挣来的，我一直都在兼职打工的。小……小希，从第一次见到你我就喜欢上你了，我知道自己没有什么吸引你的地方，但是我还是希望看到你开心的样子，所以我一直想赚钱买份礼物送给你。但是，你好像什么都不缺，那些普通女生可能喜欢的东西，我也不敢随便送给你，而且好像也只有名贵的东西才配得上你！所以，我一直有很努力很努力地攒钱……”

郝铭说到这里的时候，嘴角微微上扬，双眼也变得亮晶晶，仿佛刚才的疲惫只是我的幻觉似的。

我忍不住心中暖暖的……

虽然以前的我，几乎每天都可以听到这样深情的告白，可是现在，在明知道我已经一无所有的情况下，还会一脸甜蜜地对我说这些话的人，也就只有他了！

如果我喜欢的人是他就好了，可是偏偏……

“对不起，我已经有喜欢的人了。”我诚恳地向他道歉道，脑海中忍不住再次浮现出克里斯的模样……

他在面对别人时热情洋溢的笑容，他仿佛注入了繁星神力的漂亮蓝眸，他那总是带着柔软光泽的浅金色短发，他总是斜挎在胸前的背包，和不同颜色的篮球服……

可是，所有的憧憬所有的美好想念，最终却都随着他对我厌恶的态度而烟消云散。

是啊，我已经有喜欢的人了，可是那个人喜欢的不是我！

多么悲哀的事实！

郝铭却似乎并不感到意外，他点了点头，苦笑着说：“我知道的，我们本来就不是一个世界的人，那天你会答应我的邀请，对我来说就是意外的惊喜了。只是人都是贪婪的，所以我才会得寸进尺地想要更多……呵呵，果然是我太贪心呢！所以才会被拒绝得那么彻底……”

“不是！那天是……是我太过分了，我心情不太好，所以才会……对不起！”我再次道歉，但是想到他的家境，我便忍不住再次说道，“不过……你以后不要这么做了！人的价值不应该是用金钱来衡量的……”

等等，我刚才好像说了什么不得了的话。

作为一个标准的金钱至上维护者，刚才那句话真的是我说的吗？

这太不科学了，我整个被自己吓到了！

我连忙清了清嗓子，接着说道：“总之，我以后绝对不会再收你的礼物，你也不要再送了，有多余的钱还不如存下来，帮家里把房子好好修修吧！”

“你……你是要和我绝交吗？我知道你不喜欢我，难道就连做普通朋友也不可以吗？”闻言，郝铭再次红了双眼，他一脸绝望地看着我说道。

我的心忍不住一软，从知道我家破产以后，他还是第一个一如既往地喜欢着我的人呢！

我怎么舍得和他绝交？

想到这里，我顿时笑了起来，调皮地对他说道：“当然可以，但是……想要和我继续做朋友的话，这次考试可不能考得比我差！”

闻言，郝铭终于破涕为笑。

“一言为定！”

4.

当我们认真起来的时候，时间似乎便像是流水一般飞逝。

等到我好不容易从题海中回过神来的时候，才发现马上就要考试了！

不知道这段时间以来的补习有没有效果，我的成绩能进步到什么样子呢？

想到这里，我便忍不住紧张了起来，连带着补习的时候也有点心不在焉……

“小希？小希……希梨！”耳边传来克里斯的叫声。

“啊？啊，我在！”我从茫然的情绪中回神，下意识回答道。

“你在听我说话吗？”克里斯扬了扬手中的习题册，眉头蹙得紧紧地。

“对不起……”我连忙道歉，可是克里斯讲下道题的时候，我却还是照样会走神。

终于，克里斯忍不住放下了手中的书本，认真地看着我：“你到底怎么了？”

“我……”担心考试成绩什么的，太不符合我希梨的风格了，我才不要告诉他呢！我摇了摇头，“我没事……”

“你是在担心考试的事情？”

……

既然你都知道了，干吗还来问我？

克里斯瞬间了然，他脸上的表情顿时放松了，蓝宝石一般璀璨的双眸也恢复了活力，其中有光芒跳跃着。

他伸手拍了拍我的肩膀，轻笑着说道：“别担心，以你现在的成绩肯定没问题的！这段时间你的努力，大家有目共睹，相信成绩出来一定会让人眼前一亮的。”

“真的吗？”我还是没什么自信。

“比珍珠还真！”克里斯调皮地朝我眨了眨眼睛，还一副自大的模

样拍了拍自己的胸膛，“就算你不相信自己，也要相信我这个补课老师的实力啊……”

“噗……”

我笑得前仰后合的，差点一头栽倒在地。

“小心！”

克里斯连忙伸手扶住了我。

“对不起，对不起……”我边说边抬头，额头却差点撞上了他的鼻尖。

气氛顿时凝固了！

少年身上熟悉的气息顿时如藤蔓一般包围了我，他的呼吸近在咫尺，那双蓝色的双眸中仿佛蕴含着一汪碧蓝的湖水，此刻，他正一眨不眨地看着我，眼神中的情绪几乎要将我溺毙……

在他的注视下，我的呼吸忍不住渐渐变得急促了起来，某种可耻的期待再次充盈了我的胸膛……

“怦怦……怦怦……”

我的心跳越来越快，整个人也仿佛被笼罩在了一层氤氲的雾气中，身体的感觉都似乎随之失真了。

耳边只有克里斯呼吸的声音，眼前是他越来越靠近的脸……我下意识屏住了呼吸。

下一秒，一个温软的物体落在了我的额头……

一瞬间，我仿佛听到了心底有什么汹涌而出的声音，空气仿佛都带上了甜蜜的气息……

“你们……”

突如其来的声音，打破了满室的粉红魔咒。

我一惊，连忙推开了身旁的克里斯，下意识回头，只见贝微微不知道什么时候出现在了门口，此刻正一脸无措地看着我们……

“那个，微微，我……”我下意识想要开口解释，却又不知道到底该说些什么。

克里斯却已经大大咧咧地站了起来，对她说道：“你别误会，在国外朋友之间都是用这种方式为对方加油的，快要考试了，小希看上去很紧张……”

克里斯的解释让我有点失落，原来刚才的旖旎，只是一个外国人的加油方式吗？

“没关系，我知道的。”贝微微却微笑着说道，说完，她立刻看向了我，一脸兴奋地朝我招了招手，“小希……”

“嗯？怎么了？”

我尴尬地随着她走到了一旁。

贝微微神秘兮兮地从包包里抽出一张纸，笑着对我说道：“这是我整理出来的数学公式，这些都是重点，考试前你再看一看，一定可以考出一个好成绩的。”

我伸手接过写着密密麻麻的公式的字条，心中瞬间盈满了感动：“谢谢你，微微，你对我真好！”

贝微微微笑着摇了摇头：“谢什么啊，我们是朋友啊！朋友之间互相帮助不是应该的吗？”

她的话让我觉得心中一阵内疚，相对于她的善解人意，我顿时觉得自己就像一个卑劣的掠夺者，觊觎着别人手中的一切……

“对不起……”我忍不住内疚地说道。

“你说什么呢！”贝微微脸上的笑容一僵，随即装作什么都不知道似的说道。

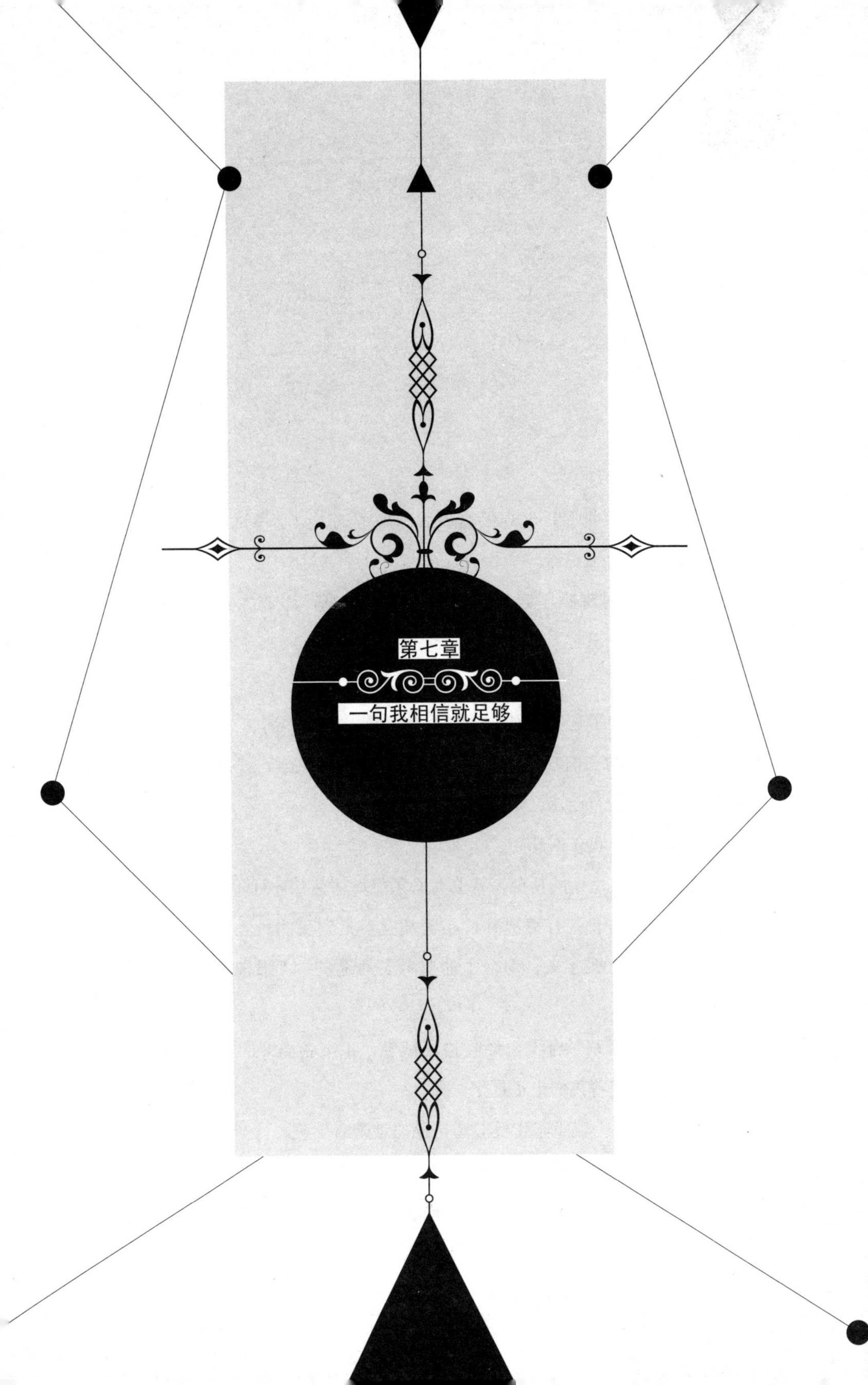

第七章

一句我相信就足够

1.

“时间到，收卷！”今天的最后一场考试，数学考试结束以后，监考老师站在讲台上说道。

教室里顿时沸腾了起来，我放下手中的笔，跟着大家一起站了起来。

呼——

“终于考完了！”我忍不住伸了个懒腰，大声说道。

今天考试的三门功课，我最担心的就是高等数学，没想到考得居然还不错，起码我自己这么觉得。

想到这里，我立刻开心了起来。

这些都是克里斯的功劳，待会儿必须好好谢谢他才行。

这样想着，我正打算离开，小美却突然走到我的身旁，突然从我的抽屉里抽出了一张字条，对台上的监考老师说道：“报告老师，希梨同学作弊！”

“怎么回事？”台上已经收拾好试卷，正准备离开的监考老师立刻站住了脚步，朝着我们走了过来。

“我没有！”我下意识反驳道，愤怒地瞪着小美。

她为什么要这么做？我们不是朋友吗？

“没有？那这是什么？”小美说着，将手中的字条递给了一旁的监考老师。

我们的争执已经引起了骚动，原本准备离开的同学们渐渐围了过来。

监考老师看了几眼那张字条，脸上的表情立刻变得难看了起来：“希梨同学，请你解释一下，如果你没有作弊，那么这张字条是怎么回事？”

“我……”我忍不住气急，视线在教室里扫了一圈，在看到一旁正看向这边的贝微微时，连忙朝她招了招手说道，“那张字条是微微给我的，她说是她总结出来的考点，而且我考试的时候并没有看那张纸……”

闻言，监考老师立刻看向一旁的贝微微，问道：“贝微微同学，这张字条是你给希梨同学的吗？”

“什……什么字条？”贝微微看着老师，一脸茫然的表情。

“咦？”她难道没看清楚那张字条吗？

我顿时一惊，忍不住错愕地看向贝微微，焦急地解释道：“就是那天晚上，在会议室补习的时候你给我的那张字条啊，微微，你再认真看看！”

贝微微闻言，眼神复杂地看了我一眼，抬头又看了几眼老师手中的字条，最终却还是一脸茫然地摇了摇头：“那个……”

我的心顿时跌落了谷底。

为什么？为什么她不肯承认？这张字条明明是她那天晚上给我的……

她的表情已经说明了一切，周围围观的同学脸上立刻露出了了然的表情，小美得意地看着我，就连监考老师也露出了一副恨铁不成钢的表情：“你，跟我去一趟教导处。”

来到教导处后，班主任老师也一并被叫了过来。

“小希，这是怎么回事？”班主任老师匆匆忙忙地走进来后，焦急地问我。

“她考试作弊，被同学举报了！”监考老师向班主任老师解释道。

“我没有！”我忍不住反驳。

“做了还不承认，那你告诉我，你抽屉里怎么会出现那张字条？”监考老师顿时也怒了，指着我没好气地说道，“像你这样的学生我见多了，抄了就是抄了，还不敢承认！”

“我说了，我没有！没有做的事情，我为什么要承认？”我忍不住怒瞪着眼前的监考老师，再次强调道。

“那你能证明自己没作弊吗？”

“那您又怎么就能证明我一定作了弊？”我也忍不住生气地反驳道。

“你……”监考老师顿时怒了！

还好，班主任老师立刻打断了她的话：“李老师，这次就算了吧！”

说完，她又看向我，狠狠地瞪了我一眼：“下不为例！”

虽然这次的事情就这样不了了之了，但是接下来两天的考试，我明显能感觉到监考老师一直在紧盯着我，仿佛防止我作弊似的……

这种像是探照灯一般的视线，几乎伴随了我接下来两天的考试，也让我感觉特别难受，特别屈辱……

等到所有考试结束后，我在走出校门口没多远的地方找到了贝微微。

这段时间以来，她已经比之前瘦了很多，虽然仍旧肉肉的，但已经算是一个让人可以接受的胖子了。

如果不是她的身旁还站着一个克里斯，几乎没人会在看到她的背影的时候，认出这就是不久前那个肥腻的丑女贝微微。

“贝微微！”我对着前面的人影大声叫道。

闻言，他们的步伐一顿，立刻停了下来。

我立刻冲了过去，将她拽着转了个身面对着我，质问道：“那字条明明是你给我的，为什么不承认？”

2.

贝微微看了看我，下意识往克里斯的身后缩了缩，她低着头不敢看我，只是吞吞吐吐着：“我……我……”

“有什么话好好说，你吓到她了。”克里斯立刻伸手拉开我的手，又挺身挡在了我的面前，蹙着眉头对我说道。

“你自己问她，那字条到底是不是她给我的？”我伸手想要推开他，克里斯却纹丝不动。

这几天的考试，克里斯并没有和我们在一个教室，为了防止作弊，所有人的顺序都打乱了。

克里斯低头看了看身后的贝微微，在面对她的时候，他的语调立刻柔软了下来：“微微，你告诉我，那字条是你给小希的吗？”

闻言，贝微微飞快地看了他一眼，又看了看我，再次犹豫地低下了头，就像她第一次面对克里斯时一般，她摇了摇头，欲言又止的样子：

“不是，小希，我……”

明明只是似是而非的话语，克里斯却好像已经找到了自己要的答案。

他伸手拍了拍面前的女孩，再次看向我的时候，脸上的表情已经变得难看了起来，如蓝宝石一般的碧蓝眼眸，此刻也开始氤氲上了阴沉的情绪，仿佛随时都能迎来狂风巨浪，他看着我，嘴唇轻抿着，半晌才轻声说道：“你还有什么要说的……”

“什么？”我下意识看向他，没明白过来这句话的意思。

克里斯深深地看着我，那双如大海一般湛蓝的眼眸一眨也不眨地看着我，像是要透过我的眼神看透我的灵魂似的。

仿佛暴风雨前的宁静，我仿佛之间已经知道了他的选择。

半晌，他才像是失望，又像是疑惑般，沉重地说道：“为什么要这么做？以你这段时间以来的努力，想要成绩有所提升并不难……”

他这话等于就是认定了是我作弊，心仿佛被什么东西狠狠攥紧了，呼吸都变得艰难起来。

可是想起快要考试前的那个夜晚，他的鼓励，他落在我额前的那个亲吻，我却还是忍不住抱着最后一丝希冀说道：“如果我说我没有作弊，你信不信？”

可是，克里斯的沉默却让我的一颗心渐渐沉了下来。

所以……他最终还是选择了相信贝微微，而不是我吗？

也对，不久前，在他的心中，我还是一个又自私又爱撒谎的讨厌鬼呢，凭什么和他心目中的她相对比？

想到这里，我突然觉得自己也真是够傻的，现在的所作所为和自取其辱有什么区别？

真是够了！

希梨，在这个人面前所受的挫折还不够多吗？你还在期待着什么呢？

“呵呵……你爱怎么想就怎么想吧！”说完，我不再看他，转身往反方向走去……

这一瞬间，有冷风呼啸而过，明明还只是初秋，我却忍不住深深地打了个冷战。

心在这一瞬间，像是冷透了。

不管我再怎么努力，在他的心中，我的形象好像也从来没改变过！

几天后，最终的考试成绩终于出来了。

看到成绩的瞬间，教室里便立刻陷入了一片议论声中。

“你们看到了吗？希梨这次的考试成绩进步很大啊！”

“那又怎么样，还不是靠作弊得来的……”

“咦？”

“你不知道吗？那天数学考试以后，她被人举报作弊了！”

“啊……那天考完我有事，就马上离开了……真的吗？”

“嗯嗯，你想啊，她之前可是倒数第一，怎么可能突然之间进步这么大，一定是作弊啦！”

“可是，我看她这段时间好像还挺努力的样子……”

“那……那也没可能进步这么快啦！所以一定是作弊啦……”

……

我坐在自己的座位上，看着手中还算不错的成绩，心中却一点也高兴不起来。

是啊，有什么好高兴的，在别人的眼中，我的成绩不过是作弊得到的。

哪怕我自己心里再坦荡，也抵不过流言的煞有介事。

更何况，连原本最应该了解我的努力的人都选择了认为我是作弊，我又凭什么向其他人证明这一切只是一场误会。

我下意识看向克里斯的方向，他也正看着我，见我回头，便又立刻掉转了视线。

呵呵，已经厌恶到看都不想看我了吗？

我又看向一旁的贝微微，她也正看着我，那眼神中带着说不出的复杂……

我朝着她露出了一个冷笑：怎么样，这样的结果你满意了吗？

贝微微仿佛看明白了我的眼神，她浑身一颤，迅速低下了头。

我顿时有些看不透她了，她不是不愿意承认那张字条是她给我的吗，她不是想看我陷入这样的境地吗？

那么现在她已经成功了，她不是应该开心才对吗？为什么又露出一副好像比我还难过的表情来？

真是虚伪！

“你们在胡说什么？小希才不是那种人！”突然传来的怒吼声，顿时让教室里陷入了一片死寂，也将我从纠结的思绪中拉离。

我下意识回头，只见郝铭正怒气冲冲地朝着那堆议论着我的同学咆哮着。

我忍不住心中一暖，没想到最后，愿意相信我的人不是那个我最期待的人，反而是这个狠狠被我伤害过的家伙。

“她不是那种人你又知道了？”短暂的沉默中，人群中立刻有人尖声回应道。

“是啊，当初不知道巴巴地凑上去，却还被人侮辱……”

“有没有自尊啊？”

……

“你们知道什么！”郝铭顿时怒了，他胸口上下起伏着，半晌才鼓劲道，“总之，小希绝对绝对不会作弊的，你们不知道她这段时间有多努力！”

……

我忍不住有些好笑，这个家伙还真是不会解释了。

他一定不知道，对于怀疑你的人，哪怕你解释得再多也没用！更何况，他似乎根本就不善于解释……

果然，郝铭很快便被人围攻了，虽然我很想上去帮他几句，但是我也知道，一旦我过去，他们的炮火一定会变得更加集中的。

还好，这个时候中午放学的铃声终于响了，我立刻起身往外走去。

却有人比我快了一步，那就是贝微微。

她急什么？吃个午餐而已，又没人跟她抢。

“小希！”走到门口的时候，耳边传来郝铭的叫声，很快，他也跟着追了出来。

我再次看了一眼狂奔而出的贝微微，这才转头看向身后的郝铭。

他边匆匆忙忙将手机钱包塞进了口袋里，边快速追上了我，一脸紧张地安慰着我：“你别听他们胡说，他们就是嫉妒你长得好看，学习又认真！”

“噗……”虽然不善于解释，但是他倒是很擅长安慰人呢，我轻笑着点了点头，有些忍俊不禁地说道，“我知道！”

我在乎的，原本也不是那些人的闲言碎语。

只是……想到克里斯我就忍不住一阵心烦。

郝铭也跟着我笑了起来，露出一口整齐的小白牙，他眼角弯弯的样子显得……特别傻！

“我们一起去吃午餐吧！”

“嗯。”我心不在焉地回应着。

半晌，他才停下了脸上傻呵呵的笑容，一脸担忧地看着我：“既然你都知道，那……你还在不开心什么？”

“你不懂的……”我看了看他，继续往前走去。

“小希……”郝铭还站在原地，见我回头，他立刻一脸可怜巴巴地望着我说道，“不能和我说吗？我们不是朋友吗？”

虽然我很感激他今天为我挺身而出的事情，但是有些事情，哪怕是朋友也很难说出口。

正好，此刻已经快到了学生餐厅，我摇了摇头，对郝铭说道：“抱歉，你自己一个人去吃午餐吧，我想一个人静一静！”

“啊？我们不是约好了吗？而且，你现在一个人可以吗？”闻言，郝铭立刻一路小跑着再次追了上来，他一脸紧张地站到了我的面前，“小希，我保证不再问你了，你让我跟你一起吧，好不好？我保证，绝对不会打扰到你的……”

“我不会想不开的！我就是想一个人静静……”我无语地翻了个白眼，这个家伙也太夸张了点吧，难道他以为我会因为这么一点小事就想不开吗？

“可是……”

“我说了，别再跟着我！”我有些不耐烦地说道。

“小希……”郝铭脸上立刻又露出了那种可怜兮兮的表情，但是现在，我真的真的需要一个人好好静静。

郝铭终于没有再追上来，可是我已经走出很远了，却还是可以感受到他投注在我身上的那种委屈的眼神。

想想我就觉得头皮发麻，忍不住加快了速度……

3.

不知道过了多久，等我回过神来的时候，我已经走到了位于学校后面的一条河边，因为河水的冲刷，河中央形成了一个天然的小岛。

小岛被打造成了休闲公园，以一条小小的石桥作为连接，平日里每天早晚都有很多大叔大妈在公园里锻炼身体。

而沿河的河岸也被打造成了风景带，种满了茂密的垂柳，而河堤下方，却是一片自然形成的沙滩……

这是家里被查封的那天，我无处可去的时候，发现的秘密基地。

这段时间以来，心情不好的时候，我便会一个人到这里走走，却没想到会在这里看到贝微微……

我走到河边的沙滩上时，正是阳光最灿烂的时候，太阳有点刺眼，但是有树荫挡着，倒也不觉得热……

只是，这么美丽的景色，我却完全没有欣赏的心情，想到克里斯先前那个视而不见的眼神，我就忍不住一阵心酸。

我坐在沙滩上，忍不住把双手撑在了身后，仰头看向了天空，防止那酸涩漫出眼眶……

贝微微就是这时出现在我眼前的，她摇摇晃晃地站在桥上，似乎随

时都会跌落河中……

最开始注意到贝微微是因为她身上那套熟悉的校服，随即才注意到她比一般人肥大的身躯，这种时候，除了我，没想到学校还有其他人会出现在这里……

她此刻正站在桥边，双手撑在矮矮的栏杆上，半个身体都伸出了桥外……

她想干什么？

想到她刚才冲出教室的反常，我忍不住想道：难道她是因为冤枉了我，受不了内心的谴责，打算轻生？

想到这里，我立刻紧张了起来，朝着桥上的方向大叫了起来："微微，你别胡思乱想，有什么想不通的我们好好说，你千万别做傻事！"

可是隔了一段距离，此刻又正好是中午下班的高峰期，耳旁到处都是汽车的引擎声和轰鸣声，桥上的贝微微根本没有听到……

眼看桥上的人晃悠得更加厉害了，我的心也跟着提了起来，连忙起身，往桥的方向跑去……

这期间，贝微微已经整个人都趴到了栏杆上，我边跑边注意着桥上人的一举一动，只要她一动，我的心便忍不住跟着狠狠地颤动着……

还好，等到我跑到桥上的时候，她虽然好几次差点栽下去，最后却都堪堪地稳住了身体……

"微微，你别冲动……"等到快跑到贝微微身后，我才小心翼翼地叫道。

贝微微闻言下意识回头，见到是我，她身体立刻一颤，随即微微眯了眯眼睛，身体迅速往后倒去……

"啊——"我连忙扑过去，想要拉住她，没想到刚才奔跑的速度太快，不但没有顺利拉住她，反而因为惯性作用，一个不小心将她推了下去。

“扑通——”我趴在桥上，看着河面上溅起来的巨大水花，顿时整个人都慌了。

怎么办？怎么办？呜呜，我真的不是故意的！

“救——救命啊！有人落水了……”

可是偏偏此刻桥上一个人也没有，就连旁边的沿江带也不见几个人影，我顿时什么也顾不上了，立刻爬上栏杆，跟着跳了下去。

贝微微，你可千万千万不能死掉呀！

否则的话，我就真的百口莫辩了！

又是“扑通”一声，碧绿的河水瞬间淹没了我，我顺着河水往下游去，水中已经只剩下了微光，我焦急地往前游着，过了好一会儿才看到挣扎着往下沉去的贝微微……

我连忙追上去抓住了她，试图将她拉上来，可是不管我怎么用力，我们却仍旧在不断往下沉去……

这个时候，贝微微的体重无疑成了我们的催命符，我用力再用力，身体还是不受控制地往下沉去……

渐渐地，胸膛里的空气仿佛都用光了，河水挤压着我的胸膛，仿佛之间，我看到了一道道的白光。

我这是救人不成，反而连自己也快要死了吗？

等等，希梨，忍住！

你不能死在这里，你忘了，你答应爸爸的话吗？

可是，我真的好累……我忍不住缓缓闭上了双眼。

很快，身边的流水便出现了剧烈的波动，我迷迷糊糊地睁开双眼，只见一张熟悉的脸孔出现在了我的面前……

我顿时瞪大了双眼，终于松了一口气：有人来救我们了，看来我们不会死掉了！

这样想着，我终于放松地昏了过去。

救护车的声音即使隔着厚厚的车门，却还是一样刺耳。

似乎有什么在用力挤压着我的胸口，我忍不住剧烈地咳嗽起来。

我迷迷糊糊睁开双眼，映入眼帘的便是一片白色，随即耳边传来了惊喜的叫声："醒了，醒了，病人醒来了！醒来就没事了……"

随即，郝铭的脸立刻出现在了我的面前，此刻他的头发和衣服都还是湿漉漉的，发梢还在不断往下滴着水，他一脸紧张地问我："小希，你终于醒了，你知道吗？刚才我看到你跳下去的时候，都快吓死了！"

我这才发现自己是躺在一辆救护车中，而此刻，郝铭正裹着一条毛巾坐在我的身边，一旁还跟着几个医护人员。

"我不是让你别跟着我吗？你怎么还是过来了……"我哑着嗓子说道，说完便忍不住咳嗽了起来。

对了，我刚才昏迷前看到的身影就是郝铭。

他立刻将我扶了起来，一边轻拍着我的后背，一边不太自在地说道："我想了想，还是不太放心，所以就偷偷跟过来了，结果没想到却看到那一幕！你知道吗？我都快要吓死了，还好你没事！"

"谢谢你！"我点了点头，这才突然想起另外一件事情，立刻坐直了身体，四下张望了起来，"对了，贝微微呢？她没事吧？"

怎么没有看到她？她不会……不会……

想到这里，我顿时觉得整个人都像是掉进了冰窟似的，颤抖了起来。

想必我的脸色一定很难看，闻言，郝铭立刻一脸紧张地拍了拍我的背，快速说道："小希小希，你别急，她没事的，只是还在昏迷……"

"那她……"我再次看了看四周。

怎么没看到贝微微？

郝铭这才轻吁了口气，指了指车中间的一条白色帘幕，说道："她在那后面呢！"

车上的护士闻言，立刻拉开了白色的帘子，贝微微苍白的脸瞬间暴露在了我的视线中……

"哦！"我这才终于松了一口气。

"你一个人拽得动我们俩？"空气顿时沉滞了下来，某种尴尬的气氛悄悄蔓延着，过了一会儿，我才忍不住问道。

就算郝铭是个男生，但是就算他再怎么强壮，应该也不可能同时救上我们两个才对……

听到我这么问，郝铭立刻长吁了口气："刚才幸好江边有人路过，听到了你呼救的声音，然后有两个会游泳的大哥和我一起跳了下去，这才能将你们拉上来……"

"谢谢你，郝铭！"我再次诚恳地说道。

闻言，他立刻尴尬地摸了摸自己的脑袋，有些不好意思地笑道："我们不是朋友吗？还搞得这么客气干什么……"

想到我先前对他的态度，我顿时觉得更加不是滋味了……

只是，贝微微，她到底怎么了？难道她真的只是因为这么点小事就想不开了吗？

4.

我们赶到医院后没多久，医生给贝微微做了全身检查，但是她却始终不曾醒来。

因为事出突然，我们身上都没带钱，郝铭出去想办法让人送钱过来了。

我一个人待在病房，想到刚才的事情顿时觉得心有余悸。

克里斯他们大概就是这个时候到的，彼时突然听到开门声，回头就看到他出现在了病房门口……

午后的阳光透过窗户照射进来，他由远而近，英俊的五官渐渐变得清晰……

他额头和鼻尖上还带着汗水，胸口剧烈起伏着，见到床上昏迷不醒的贝微微，他立刻扑了过来，身后还跟着许多同学……

虽然早就已经告诉自己要放弃了，可是看到他对贝微微这么在乎的样子，我的心中却还是忍不住微微有些发酸……

“只是一个午休时间，怎么会发生这样的事情？如果不是刚才郝铭打电话给班主任老师给你们请假，我们都还不知道发生了什么事情呢……”克里斯如海洋一般湛蓝的眼眸中此刻充满了担心，他仔细地看了看床上的贝微微，半晌才看向我，抿了抿嘴低声问道，“到底怎么回事？听说你也落水了，你没事吧？”

说话间，他看了看我身上护士姐姐给我找的病号服，蹙了蹙眉。

“我……我没事。”想到在水底时的窒息感，我忍不住再次打了个寒战，才焦急地解释道，“对不起，她当时看上去有点不太对劲，我本来想救她的，可是没想到反而不小心把她推进了河里……”

克里斯一直默默地在看着我，眼神中带着特有的复杂情绪，他张了张嘴，似乎想说点什么。

可是旁边跟他一起进来的同学们却迅速炸开了锅，大家七嘴八舌地议论着，毫无遮掩地胡乱猜测着……

“呵呵，说谎都不带打草稿的，她现在恨不得吃了贝微微的心都有，怎么可能好心救她？”

“是啊，而且，她喜欢克里斯的事情几乎所有人都知道了，现在早就恨不得贝微微消失了吧？”

……

我下意识看向克里斯，他会不会也和他们一样，觉得我是故意报复贝微微，才会推她下去？

可是克里斯并没有回头看我，他垂着头，不知道在想什么，从我的角度，只能看到他坚毅的下颌线条。

“她一定是因为前段时间考试的事情还在嫉恨贝微微不肯帮她，不承认那字条是她的，所以才会耿耿于怀，想要报复她吧……”那几个女生看着我，一脸的不屑。

“我没有！”我忍不住愤怒地握住了拳头。

虽然那天的事情确实让我很愤怒，但是我还没小心眼到因为这么一点事情就想要置人于死地。

他们凭什么这么说我？

“那你怎么解释，为什么你会那么巧，也在河边……大中午的，你去那里到底想要干吗？”平日里就看我特别不顺眼的那个女生，咄咄逼人地追问道。

“我心情不好，想一个人静静不行吗？”

我快要气死了！

为什么最近这么倒霉，好像做什么事情都会被人误会？

我的诚信已经低到这个程度了吗？

“哼，借口！”女生们轻哼道。

“我……”

啊——我快要气死了！

“我相信她！”耳旁突然传来了克里斯的声音。

我茫然地回头，只见他正一脸认真地看着我，再次郑重地说道：“我相信你！”

“什么？”我茫然地看向眼前的克里斯。

他宝石一般璀璨的漂亮蓝眸此刻正闪耀着坚定的光芒，他定定地注视着我，显得那么专注而又坚定，阳光照亮他的容颜，一瞬间，我仿佛之间觉得他整个人都像是氤氲在一层金色的光芒中。

“希梨，我相信你！”这还是他第一次，用这么坚定的语气对我说相信。

心中像是有什么在膨胀着，想到这段时间以来的种种，想到所有那些诽谤和误解，我终于忍不住大哭了起来……

“呜呜呜……”

“喂喂，你别哭啊，你哭什么？”克里斯顿时也慌了。

周围的同学都面面相觑，一副不知道如何是好的样子。

我抽噎着，无法回答他的问题，我也不知道自己怎么了，就是心里难受……

“呜呜……嗝……”

“喂，希梨，小希，你别这样！你到底要怎么样才能别哭了，求你别哭了行不行？”克里斯一副手足无措的样子，双手在天空中挥舞着，一副想安慰我又不知道如何是好的样子。

“对不起，我……呜呜……我难过！”我歇斯底里地哭了起来。

“吵什么呢？打扰到病人休息了你们知不知道？”病房门砰的一声还是被打开，医生再次出现在了病房门口，“检查结果出来了，谁是病人家属？”

我哽咽着，再也不敢出声了。

“我们是她同学，医生，她怎么还不醒？”克里斯立刻站了起来，围了上去。

“病人是不是这段时间正在减肥？”医生翻了翻手中的病历本，问道。

闻言，大家都是一愣，半晌克里斯才轻声回答道：“是的。”

“那就没错了，你们这些年轻人啊，就是不知道好好珍惜自己的身体。现在突然这么急着减肥，早干吗去了？以前稍微注意点饮食不就行了？”医生念叨着，又快速在病历本上写了些什么，才接着说道，“她最近减肥过度，有点低血糖，所以才会晕倒的。”

“咦？她不是溺水才昏迷不醒的吗？”立刻有人站了出来，问道。

“根据她肺里的积水量来看，她应该是刚刚落水就昏迷了，所以直接原因应该是低血糖！”

“所以说她不是想不开要跳河？”我忍不住抽噎着叫道。

“跳河？”闻言，医生的脸色立刻变得难看了起来，“什么乱七八糟的，她应该就是低血糖导致晕眩，至于她有没有什么想不开的事情，你们这些做同学的应该比我更清楚……”

“跳河？你以为她要跳河？”克里斯一脸无语地看向我。

我顿时缩了缩脖子，小声解释着：“我看她在桥上摇摇晃晃的，嗝……好几次整个身体都差点掉下去了，以为她想不开想寻死，所以才会……”不过现在结合医生的话来看，估计她是因为低血糖，所以才会摇摇晃晃的……这个乌龙真是……

“这真是个大乌龙！”克里斯叹了口气，看着我苦笑道。

闻言，整个病房安静了下来，刚才还一脸义正词严说我撒谎的人，此刻也都一脸尴尬地看着我。

半晌，他们才推搡着，轻声对我说道：“对不起，小希，是我们误会了你！”

虽然很讨厌他们每次听风就是雨的态度，但是好歹……真相大白了！

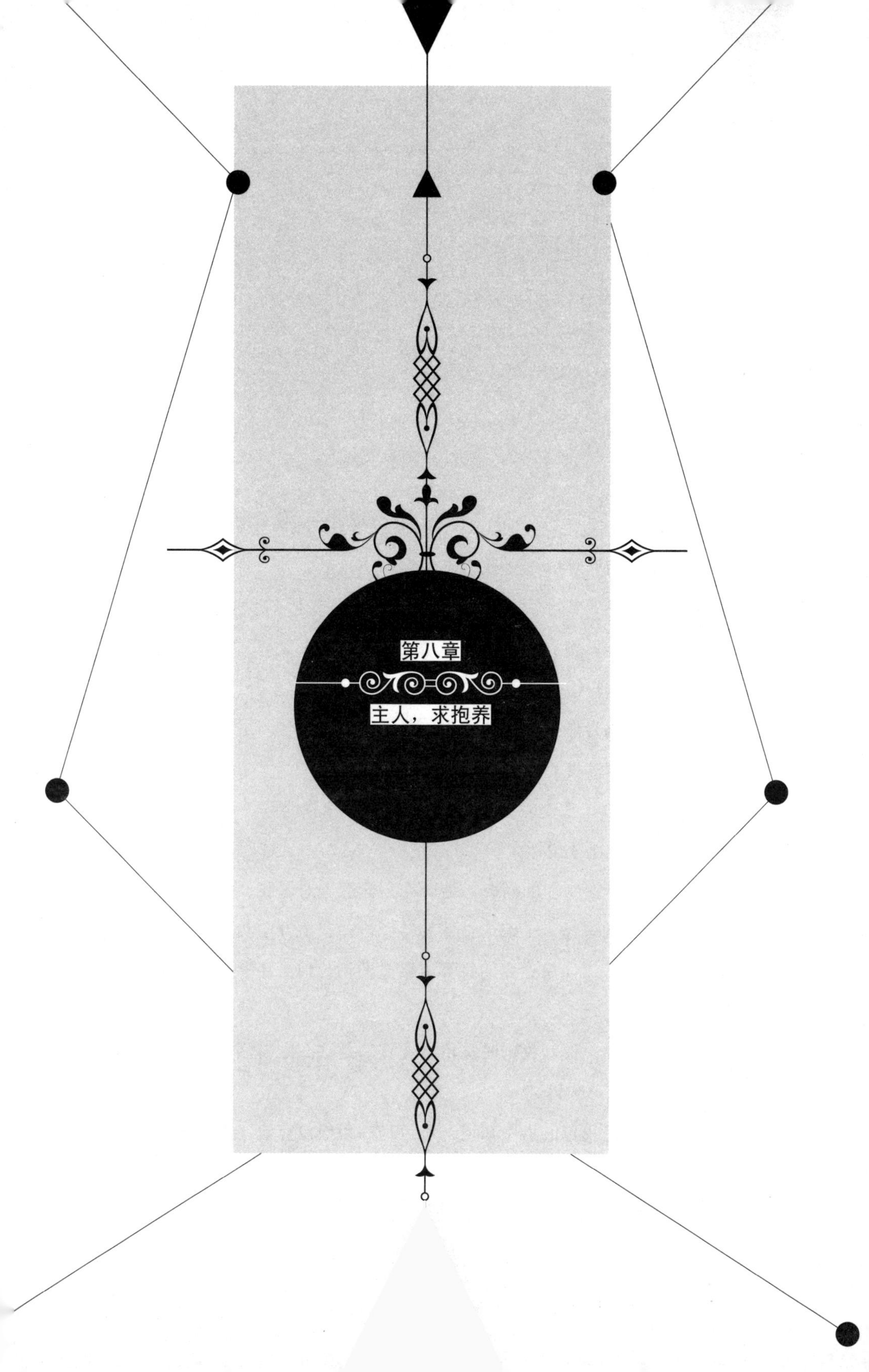

第八章

主人，求抱养

1.

为了避免耽误大家下午的课程，他们没坐多久就离开了。

只剩下了克里斯和……我。

此刻，安静下来的医院病房里，空气似乎都带上了尴尬的气息。

我坐在原地，留也不是走也不是，克里斯从大家离开以后，便再也没有开口说过一句话……

我裹紧了病号服外披着的毯子，终于还是忍不住问道："你……这次怎么又突然相信我了？"

克里斯闻言，像是这才回过神来似的，静静地看了我半晌，才说道："抱歉，你刚才说什么？"

我重复了一遍刚才的问题，他听完后深深地看了我一眼，脸上的表情有点说不出的古怪。半晌，他才轻咳了一声，避开了我的视线，微带懊恼地回答说："如果你真的打算害微微的话，何必还多此一举跳下去救她？"

克里斯这样一说，我顿时觉得好像真的是这么回事，只是不知道为什么，心里却有些失落。

至于原因，我自己也不知道，难道是因为他没有说，因为我相信你吗？

"只是因为这样？"我还是不死心地问道。

“我……”克里斯坐直了身体，似乎想说什么，但是很快，他整个人靠进了身后的椅子里，漫不经心地点了点头，“当然，要不然你觉得还有什么？”

“没，这样就挺好的了！”我忍不住轻笑着，轻轻摇了摇头。

气氛便又再次沉滞了下去，我眼角的余光可以看到克里斯正望着窗外发呆，不知道在想什么，他脸上的表情看上去有点懊恼……

我伸手摸了摸自己身上的毯子，正想找个借口离开，脱离这尴尬的气氛，一直昏睡不醒的贝微微此刻终于转醒……

闷闷的呻吟声从病床上传来，同时惊醒了我们。

“微微，你醒啦，现在感觉怎么样了？”克里斯几乎是立刻从座位上跳了起来，仿佛刚才那个瞬间的失神只是我的错觉而已。他那双仿佛蕴含着碧蓝海水的眼眸中此刻有着毫不掩饰地惊喜，手上的动作却那么细致而又体贴，他喃喃地念叨着，“好端端的，怎么会突然低血糖呢？”

“嗯，好多了。对不起，让你们担心了……”贝微微不好意思地看着他，苍白的脸上渐渐浮上两团绯红。

人家这正是你侬我侬的时候，我可不想当电灯泡。

我连忙站了起来，对着他们的方向轻声说道：“没事就好，那我先回去了！”

说完，转身就要离开，贝微微却突然叫住了我：“小希，你等等！”

我回头默默地看向她，生硬地问道：“什么？”

“这次的事情真的很谢谢你。”贝微微看着我，朝着我的方向认真地点了点头。

我下意识朝后退了一步，才回答道："你不用谢我，今天如果是其他人，我也一样会跳下去的，更何况，真要说起来，应该是郝铭救了我们才对。"

"不管如何，还是要谢谢你，我们可以聊聊吗？"贝微微说着，尴尬地看了一眼克里斯。

克里斯立刻会意过来，他深深地看了我一眼，才轻声对贝微微说道："那你们聊，我去问问医生什么时候可以办出院手续……"

等到克里斯的身影消失在了门外，贝微微才从病床上坐了起来，看着我认真地说道："考试的事情，我很抱歉！我就是……一时鬼迷心窍了，所以才没站出来为你澄清。"

"你为什么要这么做？"我下意识反问道。

贝微微脸上闪过一丝羞窘，她不好意思地看着我，半晌才轻声解释道："克里斯是一个很有魅力的男生，越是和他相处，我就发现自己越来越喜欢他，虽然对外他总是以我的男朋友自居，但是我们之间却从来没有过任何亲密的举动，所以，那天晚上看到克里斯突然亲吻你，我才会特别嫉妒！所以，当被小美问及字条的时候，我不知道自己脑子里当时在想什么，但是我下意识否认了……"

原来，这就是整个事情的前因后果。

虽然完全没想到自己所遭遇的一切，只是因为克里斯的一个"普通加油吻"，但是，我好像有点理解贝微微的心情呢！

那种喜欢一个人，想要占有他，害怕他会喜欢上别人的心情。

不也正是我的心情吗？

想到这里，我忍不住走了过去，轻轻拍了拍她的肩膀，苦涩地安慰她道："你想太多了，克里斯一直都是很在乎你的。你可能自己没有发现，但是我们这些旁观者却都看得一清二楚。刚才知道你落水的事情，他可紧张了，跑得满头大汗的就过来了，那模样，要说还不算在乎，说出去你看看有没有人信。”

我越说越觉得心里酸酸的。

贝微微一脸不确定地看着我，脸上带着怀疑，又带着几分的窃喜：“真的吗？”

“真的，让我们这些旁观者都快羡慕死了！所以，不要让他失望……”我装作无所谓地笑道。

贝微微的脸上终于露出了灿烂的笑容，她笑着点了点头：“嗯，我会的！谢谢你，小希！”

我伸手再次轻轻拍了拍她的肩膀，轻笑着握拳道：“加油！”

心里却像是被什么东西狠狠压住了，沉重得快要喘不过气来了，甚至连自己都不知道我到底在做什么。

我到底为什么要做这样的事情？

安慰鼓励自己的情敌？

如果是在一个月前，我一定会觉得自己疯掉了！

2.

“不过话说，你怎么会低血糖？按照你原本的食谱应该不至于这样才是啊？”

既然我答应了克里斯要帮贝微微成为新一代的校园偶像，就自然要全方面督促贝微微才对。

闻言，贝微微立刻变得有点不自在起来：“我就是看这段时间的效

果好像并不是太明显，所以想再少吃点……”

果然……

我忍不住叹了口气：“减肥这种事情只能循序渐进，你要是因为减肥而弄垮了身体，那就得不偿失了，相信克里斯也不希望看到这样的结果的。”

“对不起……”贝微微一脸沮丧地说道。

我摇了摇头，轻笑道：“你不需要和我说对不起，这样吧，你现在的食量应该已经缩减到正常水平了吧？”

“嗯。”

“那等你出院后，我再另外给你一份食谱，你每天按照食谱上的分量吃，保证能最大限度补充你身体所需能量，又不会让你长肉。”我边说着，脑子里已经开始设计食谱了。

“嗯嗯，谢谢你小希！”贝微微再次感激地说道。

“不客气，我这是我答应克里斯的事情。”

“答应我的什么事情？”克里斯说着，笑眯眯地推门而入。

贝微微立刻一脸羞怯地低下了头，我忍不住有些好笑地看了她一眼，才轻笑着回答他：“我们在说我答应帮你让微微成为新一代校园偶像的事情。”

“哦？是吗？”克里斯说着，深深地看了我一眼，随即才像是什么都没发生过似的，轻笑着说道，“那你们现在得出什么结论了吗？”

“下个月比赛就要开始了，我会全力打造她的，到时候可不要怪我过分！”我轻笑着说道，故意做了一个张牙舞爪的表情。

“扑哧——”克里斯和贝微微都是一愣，随即便忍不住笑了起来。

就这样吧！

贝微微的魔鬼式训练，在她出院后的第三天便又重新开始了。

因为临近比赛，所以训练的强度相对也增加了不少。

不知道是不是因为心态的改变，她好像整个人都变了，每天的锻炼也不再需要人提醒了。

这段时间以来，随着校园偶像大赛的临近，校园里的气氛也渐渐变得紧张了起来。

这天傍晚，贝微微一个人在操场上跑圈，我晚餐结束后，一个人坐在操场边发呆，突然有人在我身边坐了下来。

我回头，只见安辰禹穿着一身深蓝色的棒球服出现在我眼前，夕阳将他的身影拉得老长，他的黑发在夕阳的光芒下带上了一层浅浅的金色，这段时间他似乎很忙的样子，每天除了上课时间，几乎见不到他的人影……

我们就这样静静地看着操场上渐渐多起来的人影，越来越多的女生开始加入到奔跑的行列中去……

"你不跟她们一起准备准备吗？"终于，安辰禹开口说道。

"准备什么？"我看着前方贝微微的身影，此刻的她早已没有了最初那种看了让人觉得不舒服的肥腻感，虽然现在也还是显得肉肉的，但是较之前已经好了很多。

前几天我们一起去逛街的时候，我让她把那头乱糟糟的头发拉直了，又换下了那副笨重的眼镜，此刻她看上去顺眼多了。

都说世界上所有的胖子都是潜力股，我看着前方渐渐瘦下来的贝微微，好像真的是这么回事呢！

"校园偶像大赛啊，你别告诉我你忘了这回事？"安辰禹不可思议的声音在我身边响起。

“啊？”这跟我有什么关系？

我忍不住回头看他，只见他正微微蹙着眉头，镜片下的褐色眼眸在夕阳的照射下仿佛带上了一层妖异的金色，他一脸神奇地看着我：“你不是上一届的校园女神吗？别告诉我这一届的比赛你打算不参加了！”

“好吧，你可不可以告诉我我为什么一定要参加？”我忍不住翻了个白眼。

如果是在以前的话，我应该……不，是一定会参加的，但是这次，我可没忘记和克里斯的约定，如果我再去报名参加，那到时候如果我拿了冠军，克里斯那里我要怎么跟他交代？但是如果我没拿冠军，而是被贝微微夺冠，那我又该情何以堪？

所以想来想去，我好像都还是不参加比较好。

“也没说一定！但是像是这种比赛，其实通常都是默认上一届的冠军会参赛的，毕竟，新旧之争本来就是一个很好的噱头，不是吗？”安辰禹说着，微微抿了抿嘴。

“还有这说法？那我现在怎么办？”我忍不住有些担忧。

“你真的打定主意不想参加了？”安辰禹看着我，伸手扶了扶眼镜，镜片闪过一片冷光。

“嗯。”我点了点头。

“那好吧，我会帮你跟文艺部的人说一声的。”安辰禹说着，起身拍了拍裤子上不存在的灰尘，转身往外走去。

我茫然地看着他的身影消失在远方，半天才回过神来……

这家伙到底是来干吗的？难道就是来确认我是不是要参加校园偶像比赛的吗？

真是搞不懂！

算了，现在最重要的是好好监督贝微微的训练进度……

“微微，好了！晚上我们上形体礼仪课……”我站起身，对一旁再一次慢跑着靠近的贝微微说道。

“呃……这样可以了吗？”

傍晚时分的房间，一个女生扭捏地站在镜子面前，看着镜子里的自己，问身后的人。

镜子中的人有着一头如瀑般的长直发，搭配着一张可爱的娃娃脸，顿时让人仿佛之间看到了从年画中走出来的中国娃娃。

在夕阳的余晖下，她的皮肤散发出淡淡的婴儿粉，两条稍微有点粗的大直眉下，一双水汪汪的大眼睛中像是镶嵌着两颗黑溜溜的大葡萄，挺翘的鼻梁下方，嘴唇微微嘟着，散发出水润的光泽来……

此刻她身上穿着一件白色的镶钻抹胸式小礼服，紧紧包裹着玲珑有致的身材……

她正一脸不自在地抓着自己身上的礼服下摆，脸上带着微微的尴尬。

我上下打量着眼前的人，简直不敢相信，减肥成功的贝微微居然会是看上去如此清纯的一个大美女。

对，没错，眼前的人就是贝微微了。

谁能想到，几个月前还被所有人认为是丑女的贝微微，居然也有这样华丽变身的时候。

这样想着，我甚至不知道自己是该赞叹克里斯看人有眼光呢，还是悲哀情敌这么漂亮，我就更加没有希望了！

“小希？”见我始终不曾开口，贝微微忍不住再次拉了拉自己的礼服下摆，不自在地问道，“你觉得怎么样？”

“很棒！微微，你这样简直太棒了，这次的校园偶像比赛，你一定会成为全场最耀眼的明星的！”我微笑着，发自内心地赞美道。

“可是……这件礼服真的合适吗？我感觉好不自在……”贝微微说着，再次拽了拽能挡住上面就不能挡住下面的小礼服……

“好吧，这件小礼服确实不太合适你！”

从服装店里租来的礼服质量暂且不说，最重要的是，大小肯定不会那么熨帖。这件礼服已经是我们找来找去最满意的一件了，虽然大小还算合适，长度方面却稍微有点太短了，我个人觉得这样并不适合贝微微的风格……但是以贝微微的财力情况，想要找人定做根本是不可能的，况且，我们也没时间了！

“那现在怎么办？明天就要比赛了！”闻言，贝微微立刻急了起来。

我继续上下打量着她，其实以贝微微现在这副模样，想要拿到校园偶像大赛冠军应该已经没什么问题了，但是……我绝对绝对不能容许一点点的意外。

想到这里，我立刻下了一个决定——

“礼服的事情你不用担心了，明天我会带去学校给你的！”

3.

舞台正中央，穿着一身金色及地公主裙的贝微微，毫无疑问是全场的焦点。

她脸上化着精致的妆容，柔顺的黑发松松地挽在脑后，头顶戴着一顶闪闪发光的皇冠，彻底地把和她同样参赛的小美等人比了下去。

我坐在台下，欣慰地看着她夺目的身影，虽然有点遗憾不能亲自上台，但是更多的却是一种与有荣焉的感情。

那是我亲手培养出来的，即将成为新一代的校园偶像的人！

虽然最终的结果还没出来，但是答案已经几乎毫无悬念了。

我忍不住回头，看向一旁的克里斯，此刻他也看着舞台的方向，脸上带着无法掩饰的满足笑容，这一瞬间，仿佛整个礼堂的灯光都集中在了他的身上……

他蓬松的金发下，碧蓝色的眼眸中仿佛蕴藏了一汪幽深的湖水，他静静地看着舞台上光彩夺目的女孩，嘴唇扬起温柔的笑……

“现在我宣布，本次的校园偶像是……”主持人站在舞台边，微笑着打开了手中的投票结果……

答案昭然若揭！

舞台下方的叫声已经越来越响亮：“贝微微，贝微微……微微……微微……”

主持人轻笑着看了看台下的同学们，轻笑着说道：“看来贝微微同学在大家心目中的人气很高呢！那么我们现在就来看看，本次的校园偶像到底是不是贝微微同学呢？”

闻言，台上的其他参赛者的脸色都不是很好看了，似乎大家都已经猜到这次的校园偶像会是谁……

主持人却毫无所觉，他低头看向手中的字条，然后再次看向台下的观众时，脸上已经带上了高深的笑容：“下面，我宣布本次的校园偶像就是——贝微微！”

“啊——”人群顿时沸腾了。

尖叫声此起彼伏，几乎要掀翻礼堂屋顶！

我只觉得长吁了一口气，跟着激动的人群站了起来，正想跟着喊两句，身体却被骤然搂进了一个温热的怀中：“成功了，成功了！真的是微微，她成功了！”

心跳骤然加快了速度，又因为他的话语而骤然放缓了速度。

我的脸贴在克里斯的胸口，可以听到他有力的心跳声，闻到从他身上散发出来的淡淡阳光气息……

在主持人再次强调“安静，安静……大家稍微安静一下”的时候，我忍不住轻轻推开了身边的人，克里斯有瞬间的怔愣，随即，他再次笑了起来，用他那种惯有的，如阳光一般温暖的笑容看向我，对我说：“小希，这次的事情多亏了你，你太棒了！”

“这是我应该做的！”我轻笑着看向他，在主持人再次开口前，坐回了原位。

“下面，有请张校长为我们新一届的校园偶像贝微微同学颁奖，并请她为大家发表获奖感言！”等到人群渐渐恢复平静，主持人再次开口说道。

“微微！微微！……”讲台下方再次传来大家的尖叫声。

贝微微拖曳着厚厚的裙摆上前，伸手接过了校长递过去的奖杯后，便接过了主持人递过来的话筒，双眼微红地站在了舞台的正中央。

她清了清嗓子，才开口说道：“相信大家应该都知道，在此以前，丑女贝微微的名号到底有多响亮！我知道大家对我的评论是怎样的，一个超过两百斤的死胖子，走起路来，地动又山摇。而且还总是戴一副丑死人的眼镜，简直是让人不忍直视！我虽然很难过，但是却无法反驳，因为那都是大实话……”

说到这里，台下立刻爆发出了善意的笑声。

贝微微顿了顿才接着说道：“我以为自己这一辈子就这样下去了，我会变得越来越自卑，越来越厌恶自己，但是还好……在我最迷茫的时候，我遇到了人生中最重要的两个人。他们俩一个让我开始产生想要变得更加美好的心情，一个却实实在在改变了我，成就了现在的我，他们就是克里斯和希梨！谢谢你们！”

贝微微说完，台下再次爆发出了热烈的掌声，我微笑着看向舞台的方向，背脊却悄悄挺直了。

我第一次发现，原来人生，并不一定要站在舞台上，成为别人生命中的主角，似乎，做一个举足轻重的配角也是一件不错的事情。

想到这里，我突然觉得有些开心。

而贝微微却似乎还没说完，她低头看了看自己，接着说道：“大家觉得我今天这一身装扮美吗？”

“美！”台下立刻响起了整齐的回答。

贝微微轻笑着回答：“我也觉得很美！说到这里，我要再次谢谢小希，如果不是她特意把自己的宝贝拿出来借给我用，我今天不一定能拿到这个校园偶像的称号……礼服很漂亮，谢谢你！”

这个笨蛋，这么煽情干吗？弄得我都快要不好意思了！

而舞台上，她越说，台上的小美她们表情就越扭曲，到了最后，已经到了完全无法掩饰的程度。

好吧，贝微微身上的礼服确实是我借出去的。

因为瘦下来的贝微微看上去身高体重都和我差不多，我想说她应该能穿我的衣服……

所以昨天才答应她今天给她带礼服过来。

虽然家里的东西都被封起来，但是反正平常也没有人管，如果我偷偷把东西拿出来，想来也没那么快被发现，我只要用完再原封不动地还回去就好了，反正离房子拍卖的时间还有几天。

所以，贝微微现在身上的礼服和戴的首饰，其实是我家被查封的那一批东西中的几件。

比赛结束后，我跟着克里斯走到了后台，对从化妆间走出来的贝微微说道："微微，恭喜你！"

贝微微此时已经换回了校服，可是脸上的表情却不见欣喜，见到我，她几乎急得快要哭出来了！

"小希，对不起，对不起，我不知道怎么回事，刚刚明明还在的……"贝微微语无伦次地说着。

"怎么了？微微，你先别急，有什么事情慢慢说……"我连忙伸手扶住了她。

贝微微这才稍微冷静了点，红着眼睛解释道："对不起，有一个插在发尾的小皇冠不见了！"

"什么？到底怎么回事？"克里斯忍不住有些焦急地问道。

他这样一说，贝微微立刻哽咽了起来："呜呜……我刚才摘下来的时候还在的，然后我就去里面的房间换了礼服，结果出来那个小皇冠就不见了！"

"其他的东西都在？"我忍不住蹙了蹙眉。

"嗯！"她抽噎着，一脸愧疚地看着我，"对不起，微微，现在怎么办？我是不是给你添麻烦了？"

呼，还好，其他东西都在！

我轻轻擦了擦贝微微哭得像花猫一样的脸，轻笑着说道：“没关系的，微微，其他东西都在就好，那么小的一个东西，不见了就不见了吧！反正也不是什么贵重的东西，没关系的……”

“真的吗？”贝微微脸上这才总算稍微放松了点。

“真的！”我坚定地朝她点了点头。

“真的不要紧吗？微微可能看不出来，但是我知道那个皇冠很重要吧……”从后台出来后，贝微微被人叫住了。我和克里斯先出来，在门外等她的时候，克里斯看着我问道，他脸上的表情有点严肃，湛蓝色的双眸中带着丝丝不安，“如果被发现少了东西，会不会很麻烦？”

我本来就有些紧张的心情，被他一说顿时更加紧张了！

可是东西丢都丢了，就算麻烦又能怎么办？我总不可能叫贝微微赔我一个吧！

我只能干笑着说道：“没关系啦，那个皇冠那么小，而且家里被查封的东西那么多，他们肯定不会发现的！”

希望那些拍卖人员不会发现吧……

4.

“砰——”巨大的声响将我从睡梦中吵醒，窗外传来淅淅沥沥的声音，似乎下雨了。

“谁呀？吵死了！”迷迷糊糊的，我听到楼下传来了乒乒乓乓的声音，那声音持续了一段时间，我才反应过来……

我家已经被查封了！

那么现在会过来的人……难道是这所房子和房子里的东西要开始拍卖了？

可是收房的时间不是明天吗？他们怎么今天就来了？

想到这里，我整个人立刻清醒了。

连忙从床上跳了起来，将房间里的一切复原，正打算找个什么地方先躲一阵，等到他们离开了，我再离开，房门却突然被推开了……

“这里还有一个房间的东西……嚇……”工作人员的话还没说完，就被吓得倒退了几步，半晌，他才满脸苍白的看着我，“你是谁？这里不是早就已经被查封了吗？怎么还会有人在这里？”

说到后面，他整个人都已经差不多在咆哮了！

顿时，楼下的其他工作人员也纷纷凑了过来，七嘴八舌地说着：“小姑娘，你怎么会在这里啊？”

“被查封的地方是不能继续住人的，你知道吗？”

“哎呀，要是丢了东西怎么办？”

“你是从哪儿进来的……”

甚至居然还有人问：“你是人吗？”

虽然说完以后他就立刻被旁边的人暴打了！

……

“对不起，我没地方去，所以才会……”我尴尬地蹭了蹭脚下的地面，第一次觉得站在人群中央是一件这么让人尴尬的事情。

“哎呀，你不能住在这里，快收拾收拾，赶紧出去！”立刻有领头的人开口，一副公事公办的语气，随即又转身对身边的人说道，“看什么看什么，赶紧都给我去干活！”

我忍不住尴尬地低下了头，人群中隐隐传来唏嘘声：“真是可怜呢！”

我又一次被赶出来了！

此刻，天空已经开始下起了细雨，我坐在屋檐下，看着家里的东西一件一件被搬走，突然觉得整个心都空了……

没有了！这次是真的没有了！

我的家，住了十几年的家，这次是真的没有了！

雨下得越来越大了，我背着一个小小的书包，最终在一个桥洞下面停了下来……

先在这里躲躲雨吧！

也不知道雨什么时候才会停，更重要的是……以后怎么办呢？

爸爸到底什么时候才能出来？如果他再不出来的话，我估计真的只能流落街头了。

雨越下越大，我忍不住打了个寒战，搓了搓手臂："好冷！"

这场雨看上去根本没有停止的迹象，我不知道还要在这里等多久，还是找找看有没有什么东西可以御寒吧！

这样想着，我便四下观望了起来，最终，我只找到了一个纸箱。

"算了，有总比没有好！"我念叨着，小心地缩进了纸箱里。

好吧，虽然这样看上去是狼狈了点，但是纸箱里居然意外地很暖和呢。

我整个人都缩了进去，只露出一个脑袋在外面，旁边是汽车呼啸而过的声音，渐渐地，我的脑袋重了起来，眼前的雨幕也渐渐模糊了……

"嘶——"不知道过了多久，一道刺耳的刹车声突然在耳边响起。

我迷迷糊糊地抬头，只见一辆火红色的跑车在我的面前停了下来。

很快，车门打开，最先出现在我眼前的是一条穿着破洞牛仔裤的长腿，随即才是穿着牛仔夹克的上身，以及闪耀到让人不敢直视的金发蓝眸……

这种像是美国大片的即视感，立即让我的心开始怦怦直跳，眼前的一切都仿佛渐渐放缓了速度……

克里斯微微倾身从车里走出来，桥洞中呼啸而过的冷风撩起他蓬松的金发，露出他颇具侵略性的浓眉来，此刻，他如蓝宝石一般的灿亮眼眸中闪烁着盈盈波光……

他缓步而来，像是古罗马战场中凯旋的战士！

我愣愣地仰头看着他，直到他径直停在了我的面前，居高临下地看着我，说道："我抱养你啊！"

"什么？"我茫然地看向他。

这种完全不在状态的对白是怎么回事？

而且，抱养什么的，说出这样暧昧的对白来，人家会误会好吗？

克里斯的嘴角微微上扬，脸上露出一个无懈可击的邪肆笑容来，他倾身，缓缓在我的面前蹲了下来，平视着我的双眼……

在他的注视下，我的双颊开始不受控制地发热，心跳也开始加速……

半晌，克里斯才戏谑地伸出手指弹了一下我的额头："笨蛋！"

"什么啊？"莫名其妙地出现说要抱养我，现在还骂我笨蛋，他到底是要怎样？

我忍不住有些微微地恼怒了起来，狠狠地瞪向了他。

被我这样瞪视着，克里斯不仅不恼，居然还"扑哧"一声，笑了起来……

这家伙，疯掉了吗？

我忍不住翻了个白眼。

他伸手胡乱地揉了揉我的头发，轻笑着说道：“小希，你怎么可以这么可爱？”

“轰”的一声，脑海中有什么爆炸了，我感觉整个人都像是被扔进了热水中似的，浑身都开始冒着热气。

等等，希梨，别激动，你忘了他喜欢的人是贝微微吗？

但是……该死的，他的笑容怎么可以这么好看，眼神怎么可以这么温柔！

我听到了自己心底彻底沦陷的声音。

克里斯笑够了，才好心地指了指我躲雨的纸箱，语带笑意地说道：“你自己看吧！”

我低头，只见纸箱正前方居然写了硕大的五个大字：“主人，求抱养！”天啊，让我死了吧！

我无力地把脑袋埋进了纸箱里，再也不想出来见人了！

“喂……小希……喂！希梨……”过了一会儿，耳边再次传来了克里斯带笑的声音，同时，有什么东西开始轻轻地戳着我的手臂。

我狠狠抱着自己的膝盖，将自己的额头用力地抵在膝盖上，此时脸已经热到快要爆炸了！

我晃了晃身体，试图甩开那不间断的骚扰，可是每次我刚刚躲开，它又会立刻紧追而来……

“讨厌！你别理我！”

“哈哈哈……别害羞了，我都说了抱养你了啊……”

“谁，谁害羞了？”我忍不住小声地反驳道，却感觉没什么力道，好像在撒娇似的，“谁让你抱养了？”

“好了，好了，我错了！我不开你的玩笑了，雨越下越大了，我们赶紧走吧……”克里斯清了清嗓子，一本正经地说道。

我犹豫了一会儿，才慢悠悠地抬起了头，却见克里斯脸上根本还带着大大的笑容……

这个……

“大骗子！你还笑？”我忍不住从纸箱里跳了起来。

“哈哈哈，我错了我错了！”克里斯说着，哈哈大笑着朝车上跑去。

“别跑，你站住！”

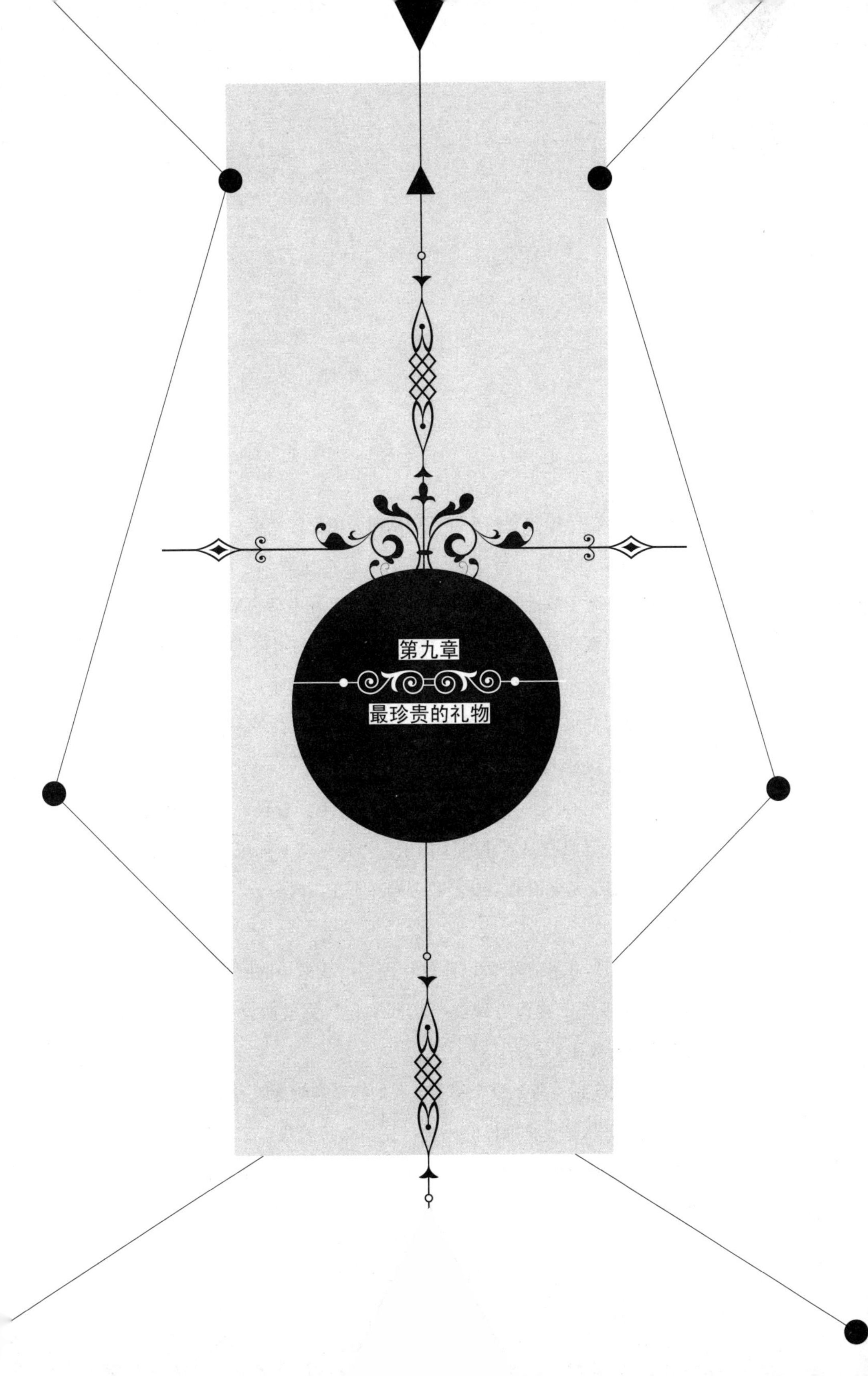

第九章

最珍贵的礼物

1.

车子最终停在一栋独立的小洋楼面前时，雨已经停了。

见我坐在车里始终不肯下车，克里斯忍不住转到了副驾驶的车门旁，拉开车门一脸不解地看着我：“下来啊！你在发什么呆？”

“那个……要不我还是走吧！你这样突然带人回来，你爸爸妈妈会不会不高兴？”刚才的兴奋过后，我有点不好意思地说道。

毕竟这段时间以来，我已经见识了太多太多的冷言冷语，更何况我和克里斯也才认识没多久。

“你就是在担心这个？”克里斯啼笑皆非地看着我，半晌伸手拉住了我的手臂，轻轻将我从车里拉了出来，“出来吧！如果你担心的是这个问题的话，那就完全没有必要，我爸妈并不在国内……”

“啊？”

“我没说吗？我家在很久以前就移民了，我只是回国来读书而已，所以他们还在国外，并没有跟我一起回来！”克里斯说着，甩上了车门，边说边拉着我往外走去。

“哦。”说实话，听到这个答案，我的心里顿时舒服多了。

雨后的景象自有一股别样的感觉，克里斯拉着我，穿过种满了各色花朵的花园，穿过那些被雨水冲刷得闪闪发光的树木，最终停在了一扇白色的木门前。

他这才放开了我的手，从口袋里掏出钥匙，打开了眼前的房门。大门推开的瞬间，他夸张地朝我张开了双臂，大声说道："欢迎来到我的秘密城堡！"

看清眼前的画面时，我忍不住惊叹了起来："哇——好漂亮！"

客厅整个都是以白色为基调，白色的原木茶几，白色原木靠背沙发，白色的电视柜，搭配着铺满蕾丝的布艺制品，再点缀以可爱的小饰品，客厅的地板上铺着厚厚的羊毛地毯，地上还扔着几个乳白色的蕾丝抱枕和毛绒玩具……整个客厅就像是一个迷你的梦幻城堡！

我几乎想要扑到那巨大的羊毛地毯上打个滚，但是克里斯却再次拉住了我的手臂……

他定定地注视着我，湛蓝色的双眸中闪烁着兴奋的光芒："走，我带你去看看你的房间……"

我甚至还来不及好奇，为什么他一个男生的家里会布置得这么粉嫩，克里斯已经拉着往楼上走去……

和楼下的装修风格相似，只是墙壁贴上了浅粉白的不规则壁纸，层层叠叠的蕾丝铺满了整个空间，让人仿佛之间有种坠入了梦中的错觉。最让人惊喜的是斜开的阁楼式窗户，以及和浅粉色地毯几乎融为一体的帐篷床……

这简直就和我小时候梦想中自己的房间一模一样……

"这是给我住的吗？"我难以置信地看着眼前的一切。

简直太漂亮了！

克里斯微笑着点了点头，我便忍不住扑了过去……钻进那个超级大的帐篷床里，顿时发现里面不仅塞满了抱枕玩偶，头顶还悬挂着一盏小小的夜灯……

怎么会有一个地方这么合我的心意……

我忍不住开心地帐篷中翻滚起来：“哈哈……真是太棒了！”我忍不住搓了搓鼻子。

虽然家里是不能回去了，却找到一个这么意料之外符合我心意的住处，真是太开心了！

“柜子里的衣服你可以拿来穿……”耳边传来克里斯带笑的声音。

我一惊，这才反应过来现在房间里还有其他人在，不太自在地伸手抚顺被弄皱了的衣服，乖乖地在帐篷中坐好。

只见克里斯不知道什么时候也已经走了过来，正蹲在帐篷外，笑眯眯地看着帐篷中的我。

呜呜呜……好丢脸！

我刚才傻兮兮的样子他一定都看到了！

“嗯。”我轻轻点了点头，等到他从帐篷边走开以后，才慢吞吞地跟了出去……

房间里靠墙的位置是一整排的衣柜，为了避免尴尬，我低着脑袋打开了面前的衣柜，却在看到满柜子的漂亮衣服时，眼前一亮……

哇……

好漂亮！

我伸手轻轻抚摸着眼前的衣服，这件我好喜欢，这件也是，还有这件……我一件一件地翻过去，那些衣服居然每件都是我最喜欢的款式。

看着那一排排占满了整整一柜子，连吊牌都没拆掉的新衣服，我忍不住惊喜地回头问身后的克里斯：“怎么会有这么多衣服，而且都还是新的？”

克里斯看着我，浅金色的碎发下露出的湛蓝色眼眸中荡漾着温柔的波纹，散发出柔亮光泽的嘴唇微微上扬着……

此刻，他的视线虽然看向了我的方向，眼神却落在了我身后的虚空，像是回到了某个久远的年代，见到了某个让他心心念念的人影……

他说：“这是为小时候喜欢的那个女孩准备的，只是没想到你会成为这里的第一个住客呢！”

“你是说上次你说起的那个小时候喜欢的女孩，你的初恋？”

我心中的喜悦渐渐淡了下去，淡淡的苦涩却开始慢慢弥漫在胸膛……

他果然是很喜欢那个女生的吧，甚至连房间都已经为她准备好了。

克里斯闻言愣了愣，似乎一时之间没想起来，他什么时候和我说起过那个女孩似的。

我忍不住强调道：“就是上次你答应帮我补习的时候说的，那个很有人气的女孩……”

“是的，就是她！”克里斯这才恍然大悟地点了点头，他深深地看了我一眼，那一瞬间，他如蓝宝石一般的漂亮眼眸中似乎闪过什么，那速度太快，让我忍不住怀疑自己是不是看错了……

“这样会不会不太好，毕竟这是你为人家准备的，她要是知道了会不会不高兴？”这样想着，我立刻往后退了几步，打算离开这个房间。

克里斯却一脸无所谓地摇了摇头：“没关系，她不会介意的。”

克里斯这样的语气，难道那个女生真的是贝微微？

如果是贝微微的话，好像确实是不会计较……

只是，想到这里我不仅没有松了一口气，反而觉得更加难过了，这是怎么回事？

“你上次不是说只要我帮贝微微成为新一代的校园偶像，就告诉我

这个故事的后续吗？现在我已经做到了……”我看向克里斯，一脸好奇地问道。

克里斯却突然一脸神秘地朝我摇了摇手指，轻声道：“不行，现在还不到时候！”

“咦？什么嘛……你这不是骗人吗？”我不满。

克里斯却哈哈大笑了起来，随即才满脸深意地说道：“真的，没骗你！等时候到了，我会告诉你的！”

哼！

最好是这样！

2.

这是一间封闭的问讯室。

“希梨小姐，请问这是怎么回事？”面前的工作人员指着手中的对比图，面无表情地问我，“据当时搬家的工作人员说，他们进去的时候你还住在别墅里？”

“对……”我低头看着自己在桌子下面交合的双手，轻声问道。

反正他们已经知道了我当时住在别墅里，就算我现在不承认，他们肯定也会找出证据来的。

“那么请问，这个皇冠是你拿走了吗？”工作人员再次指了指对比图中的皇冠，对我说道。

没错，皇冠丢失的事情终于还是被发现了！

今天我正在教室里上课的时候，这些人便出现在了学校，表示上次拍卖的拍卖品中丢失了一个皇冠，而我是最大的嫌疑人。

于是，我就这样在众人好奇的眼神中，被带到了这里。

我默默地看了一眼他手中的画，再次点了点头：“是我拿的。”

闻言，那个工作人员终于坐直了身体，双手环胸看着我说道：“那么，希梨小姐，请你在三天内归还皇冠！”

“那是不可能的……”

“什么？”他难以置信地看着我，似乎没想到我会这么理直气壮地拒绝。

我摇了摇头：“不是我不愿意还，而是那个皇冠不见了！”

闻言，那个工作人员终于再次恢复了公事公办的冷淡态度，他坐直了身体，对我说道：“如果是这样的话，希梨小姐，我必须很遗憾地告知你，如果交不出皇冠，那你就必须赔偿和那个皇冠等额的现金！”

“什么？”这次轮到我尖叫了。

开什么玩笑？

以我现在的经济状况，别说交出一个皇冠的钱，就算是皇冠上一粒钻石的现金我也拿不出来好吗？

从法院出来以后，我便一直心神不宁的。

从自己家拿走自己的东西，还被当成小偷一样调查的人，我绝对是第一个了。

“小希，法院的人来找你干什么？”

刚刚回到教室，贝微微他们便紧张兮兮地凑了过来。

因为这段时间住在克里斯家，所以每次我看到贝微微的时候，都感觉很不自在，就好像……好像我抢走了什么本来属于她的东西似的。

我避开了她的视线，轻笑着，装作若无其事的样子回答道：“没事没事，就是关于我爸爸的事情，他们例行来询问点情况而已！”

只是没想到消息还是传了出去。

第二天，课间操结束，安辰禹刚刚代表学生会总结了这段时期以来的工作，广播里就突然传来了传达室大叔的声音：“喂喂，希梨同学在吗？希梨同学，听到广播后，请到传达室来一趟，你有来自法院的传票一份！你有来自法院的传票一份！请亲自前来签收！”

像是害怕我听漏，大叔还好心地重复了一遍。

顿时，整个操场都爆炸了！所有人都开始议论起来……我觉得整个人都不好了！

啊——老天爷你为什么要这么玩我？

我顶着众人好奇的视线，去传达室领传票的时候，法院的工作人员还在，再次交代了必须在三天内归还东西的事情，便转身离开了。

此时，传达室门外已经围满了好奇的同学。

我回教室的路上，一路上都有人对着我指指点点……

“法院传票，希梨又发生什么事情了？”

“哼，一看她就不是什么好人……”

“你们刚才没听说吗？好像是让她还什么东西？”

“法院亲自来人让她还的，她是不是侵占了什么非法的东西？”

“谁知道，她爸爸都被抓了，想来她也清白不了……”

“有钱人的肮脏世界……”

……

胡说，你们知道个屁！

我握紧了拳头，正想反驳，却被不知道什么时候跟过来的克里斯一行人给拖到了角落里。

克里斯今天又穿上了那身火红的球服，他将我拉过来以后，便一直蹙着眉头站在角落里，一动不动地看着我，那双蕴含了碧蓝海水的眼眸此刻仿佛蒙上了一层轻尘，他轻抿着双唇，脸上的表情显得有点阴鸷……

我顿时觉得有些不安……

“那个……”你们别担心，我没事的。

我正想这样说，贝微微却先一步打断了我的话语。

“对不起，小希，我没想到那个皇冠那么值钱……”贝微微红着双眼，一副内疚到快要不行的样子。

“你们都听到啦？”我有点意外地看向他们。

克里斯沉着脸点了点头：“嗯。”

我忍不住想叹气，算了，知道了就知道了吧！

“哎呀，你别这样啦，我那个时候不是以为被查封的东西那么多，一个小小的皇冠他们不会发现吗？”我看着面前一脸内疚的贝微微，忍不住伸手拉住了她的手，笑着安慰她道，“你别这样啦，没事的，微微！”

“那你现在打算怎么办？”一直没开口的安辰禹，突然开口说道，“没想到我才回来就听到了这么劲爆的消息……”

他每天也不知道在忙什么，经常看不到他的人影。

“我……”我茫然，我现在也不知道。

如果有可能的话，我当然想要将那个皇冠完璧归赵，毕竟那笔钱，以我现在的情况来说，是根本不可能拿出来的。

只是……

“那东西都丢了几天了，现在想要找回来的话，根本就不可能了

吧！”

这样一想，我忍不住轻轻叹了口气。

“你也别太担心了，我们会一起帮你想办法的！”克里斯说着，忍不住叹了口气。

“你们先和我说说具体到底是怎么回事？”安辰禹见我们的聊天告一段落，才一脸茫然地看向我们问道。

贝微微将那天的事情复述了一遍，说完以后，克里斯突然像是想到什么似的看向安辰禹：“辰禹，学校礼堂后台的休息室有监控吗？”

咦？他是说……

我的心中顿时燃烧起了希望的火花，但是安辰禹的回答却让我有点失望。

只见安辰禹的眼中立刻闪过一道奇异的光芒，他看着克里斯说道：“休息室里面没有，但是大厅和门口都有！”

什么嘛，如果休息室里面没有的话，那么想通过视频寻找证据什么的，就根本没用了嘛。

“我需要比赛那天的后台监控记录！”没想到克里斯却似乎一点也不受影响，他立刻站直了身体，认真地朝安辰禹说道。

“咦？不是没有休息室里面的监控吗？”

克里斯却没有回答，安辰禹深深地看了我们一眼，又一脸叹息地朝着我摇了摇头，才对克里斯说道：“没问题！”

喂，你那是什么眼神啊！想要打架吗？

不过，安辰禹到底是学生会会长，办事效率还是很高的，很快，他就拿到了那天的监控视频。

放学后，我们一起缩在监控室里看着当天比赛后台的视频。

时间大概就是贝微微去换回自己衣服的时候，小美突然站了起来，她看了看周围的人，见大家都没注意这边，她便起身打开了贝微微休息室的门看了看，似乎还开口轻轻叫了句什么，随后才走进了休息室，然后很快便再次鬼鬼祟祟地出来了。

“小美？”难道是她？她为什么要这么做？

可是想到那天在舞台上，当贝微微说出身上的服装首饰都是我提供的时，她难看的脸色，我好像有点明白她为什么要这么做了。

她一定是觉得我是故意要和她作对，才会这么做的吧！

可是别说事实根本不是这样，就算真是这样，也是她们先背叛了我不是吗？

看完视频后，克里斯的脸色立刻沉了下来，他平日里总是晴空万里的湛蓝色眼眸中，此刻仿佛已经酝酿起了巨大的风浪，他看着贝微微问道：“你当时在休息室的时候，她有来找过你吗？”

“没有啊……”贝微微一脸茫然。

安辰禹点了点头，轻声道：“按照微微所说的丢失时间来看，当时唯一一个进入了她休息室的人就是小美了，而且她进去却没和微微打招呼，却反而闪闪躲躲来看，东西多半就是她拿的……”

“可是，我们并没有直接的证据能证明她就是拿走皇冠的人啊！”克里斯困扰地抓了抓自己的头发，顿时将一头原本就很蓬松的金发抓成了一个鸟窝。

安辰禹的视线一直定格在屏幕上最后的画面上，这个时候他却突然轻声笑了起来，笑着对克里斯说道：“我有办法！”

他平日里总是紧绷的樱花色嘴唇微微上扬，原本总是带着几分凛冽的褐色眼眸此刻因为眼中的笑意，突然增添了一种说不出的妖异，那模样如果被他那群疯狂拥戴者见到了，一定会疯掉的！

但是不知道为什么，再次见到他这么邪肆的笑容，我却情不自禁地打了个寒战。

不知道那家伙脑子里又想到了什么鬼点子？

3.

安辰禹果然说话算话，第二天课间，他便拿着皇冠出现了。

看着他指间悬挂着的那个闪闪发亮的皇冠，巨大的惊喜顿时充满了我的胸膛。

“咦？你居然真的拿到了！你是用什么方法拿回来的？”我好奇地看着眼前的安辰禹。

没想到这个家伙还挺有两把刷子的嘛！

“是啊是啊，辰禹，你是怎么拿到的？”克里斯也忍不住凑了过来，小心翼翼地拿过了那个皇冠，一脸好奇地问道。

“我只是在学校论坛上公布了部分视频截图而已，但是把嫌疑人的脸部打上了马赛克，并且说校方已经掌握了足够的证据。但是为了给所有做错事的同学一个改过自新的机会，只要拿走皇冠的人自己将皇冠还到学校的信箱，这次的事情校方就不追究责任了！”安辰禹又恢复了那副生人勿近的模样，他说完，扶了扶自己的眼镜镜框，镜片上立刻闪过一丝冷光。

“那小美……”

“你想要把她揪出来，给她一点教训吗？”克里斯闻言，漂亮的蓝眸中立刻闪过一道冷光，他凑近我带着点蛊惑的意味，轻声说道。

我叹了口气，摇了摇头："算了，东西找到了就好，这次她既然已经知道自己做的事情败露了，相信她以后会吸取教训，不会再继续做这种事情了。"

克里斯一怔，但是很快，他的脸上便再次露出了那种招牌的灿烂笑容，那一刻，这几天以来一直蛰伏在他眼中某个角落的阴鸷终于褪去，他看着我，眼中第一次露出了赞赏的光芒……

"小希，你真是太棒了！"贝微微笑着抱住了我。

"谢谢！"我轻笑着回抱住了她，笑着说道。

我眼角的余光仍旧能感觉到一旁的克里斯，在深深地看着我们……

皇冠失窃的事情总算有惊无险地解决了，我突然发现，原来老天爷对我并不算太坏。

起码，所有我曾经以为无法迈过去的坎，好像都最终在时间的见证下，有惊无险地走了过来。

我以为自己无法过穷人的生活，可是事实是我渐渐习惯了！

我以为自己无法按照老师的要求，成为一个认真学习的好学生，可是现在我好像也已经习惯了认真听课的日子。

我以为自己只能是人群的主角，我甚至不能忍受别人的批评，但是这次的事情下来，我好像也渐渐习惯了各种诋毁和诽谤……

我以为自己最终会因为无法归还皇冠又凑不出足够的现金而被惩罚，可是现在事情也顺利解决了……

所有事情都经历过了一遍以后，我突然发现，自己好像由内而外都产生了巨大的变化。

那些曾经让我觉得仿佛天都塌下来的事情，此刻回头再去看过，好像也不过就是那样……

这样想着，我顿时觉得自己再次充满了力量。

爸爸的探视机会就是这个时候得来的，之前虽然我也隔段时间就会去看守所探问消息，但是每次得到的都是禁止探视的答案。

此刻，隔着一张宽大的桌子，我看着不过短短几个月时间不见，却已经苍老许多的爸爸，顿时觉得心酸不已……

“爸爸……”我轻唤着，声音已经开始哽咽。

我好像从来没见过爸爸这副模样，从前的他总是一脸光鲜地站在人群中央，时刻都是一副成功人士的模样，他的头发总是打理得一丝不苟，他的西装笔挺不见一丝褶皱……

“宝贝儿，你别哭啊！想爸爸了吧？”爸爸说着，往前倾了倾身体，一脸的焦急。

“嗯嗯，我很想您，呜呜……”

“这段时间让你受苦了！”爸爸说着，轻轻叹了口气，“小希，爸爸对不起你，爸爸以前一直觉得只要让你有足够的钱花就可以了，反正我们家有钱，只要是你想要的东西，我们都能用钱来解决……”

“爸爸，您别这么说……”我忍不住抽了抽鼻子，轻声说道。

爸爸伸手拍了拍我的手，轻声说道：“但是谁知道其实最靠不住的就是钱，现在我会变成这样，也都是因为……小希，你要听话，这段时间一定要好好生活，乖乖等爸爸出去好不好？对了你现在住在哪儿？”

我点了点头：“我现在住在朋友家里。”想到克里斯我的心里便顿时有些复杂。

之后我又简单地和爸爸说了我这段时间的生活，当然……省略了那些不开心的事情。

爸爸听完以后，立刻一脸温柔地摸了摸我的脑袋：“我们小希终于长大了！”

我哽咽着点了点头。

放松的时候，时间总是过得很快……

正在这个时候，守在门口的警务人员突然开口提醒道：“时间差不多了，请抓紧时间长话短说。”

“爸爸……”我连忙仓皇地叫道。

爸爸立刻伸出了双手再次握住了我的双手，轻声安慰道：“小希，别怕！爸爸很快就会出去的！宝贝儿，你在外面乖乖地等着爸爸，注意安全！”

说话间，我的手心便被不动声色地塞进了一个什么东西，爸爸朝我使了个眼色，然后看了看身后的警务人员。

从监狱出来的一路上，明明只是几百米的距离，我却忍不住全身僵硬，手中紧紧攥着那个东西，感觉全身都出了一身汗。

最后，我装作找东西的样子，将那似乎是小字条的东西塞进了裤子口袋里才松了口气。

走出看守所的范围，我忍不住回头看了看身后的建筑，想到不知道什么时候才能再次见到爸爸，我顿时忍不住心里阵阵发酸。

心不在焉地坐车回到了克里斯家，还没听到开门声，便听到了里面传来的欢笑声。

克里斯平常好像不太喜欢邀请别人来家里，会是谁呢？

我还在迟疑到底要不要进去，会不会打扰他们，房门已经被一把拉开了！

克里斯穿着一身红色的家居服，站在门口笑着对我说："你回来啦……"

我从他让开的地方往里看去，只见贝微微穿着一条碎花的长裙正抱着一个抱枕坐在地毯上，而她旁边的郝铭，正一脸拘谨地东张西望着……

见我进门，郝铭立刻一脸兴奋地叫了起来："小希小希，你总算回来了，我们等你好久了……"

等我？

"你们怎么会在这里……"我一脸疑惑地看了看克里斯，又看了看一旁的郝铭他们。

"今天不是周末吗？我们在家里也挺无聊的，所以我叫了他们过来玩！"克里斯说着，将我拉进了房子里。

"嗨，小希，你终于回来啦！"贝微微放下手中的抱枕，抬手朝我挥了挥手，脸上露出了柔柔的笑容。

我下意识看向贝微微，那种像是抢走了别人东西的感觉再次袭来，我顿时尴尬得不知道如何是好，只能干巴巴地解释道："微微，你别误会，我就是暂时没地方去，克里斯才会好心让我住在这里的……"

"小希家现在的情况不太好，所以她暂时都会一直住在这里。"克里斯跟着补充道。

贝微微仍旧柔柔地笑着，她抬头看了一眼克里斯，才回头说道："没关系的，我不介意的。"

"小希小希，快过来，我们四个人来玩扑克牌吧，就等你回来了！"郝铭冲过来，将我一把拉到了他的身边。

等着克里斯洗牌的时候，他立刻一脸八卦地凑到了我的身边，小声地抱怨着："天啊，你总算回来啦，你不知道你要是再不回来我都要尴尬死了！克里斯说是你邀请我来玩的，结果我过来却发现就他和贝微微在，还有，他们外国人是不是都这么奇怪，不然为什么一个男生家里会弄得这么……嗯，小清新？"

"扑哧……"我忍不住轻笑出声。

克里斯奇怪地抬头看了我们一眼，郝铭立刻紧张地拉了拉我的衣袖。不知道是不是我的错觉，克里斯看着郝铭拉着我的动作，表情似乎有点怪异："怎么了？"

"没什么没什么！"郝铭立刻摇头，说罢还瞪了我一眼。

"好吧，我错了！"我摸了摸鼻子，轻声朝他说道。

不过，说到克里斯家的"小清新"，我实在是不知道怎么跟郝铭解释，毕竟这其中的原因已经算是隐私了，克里斯也不见得愿意让别人知道。

不过，想到刚才郝铭的抱怨，我顿时想到一个关键的问题，那就是……平常克里斯和郝铭不熟吧，而且他刚才还说是克里斯说是我邀请他来的……

克里斯明明知道我今天是要去看守所探视爸爸的，而且回来以后他也完全没问我看守所的情况……

所以说，他是知道我探视回来以后会心情不好，所以故意邀请郝铭和贝微微来"安慰"我的？

想到这里，我顿时觉得有些感动，忍不住抬头看向克里斯……

只见他已经洗好了牌，正一脸笑意地看着我们，在地毯上盘腿坐了下来，轻拍了一把桌面说道："抓牌抓牌！"

4.

郝铭和贝微微一直玩到晚饭后才离开，小楼再次恢复了安静，回到房间后，我的心情便再次低落了下来。

房间里没有开灯，我低着脑袋在地毯上坐了一会儿，才突然想起先前爸爸递给我的字条，连忙从裤子里摸出了那张字条，打开了房间里的灯光。

只见字条上写着：“宝贝儿，在我们家别墅的书房，平常你放东西的那一排下面有个暗格，爸爸给你准备了礼物！”

我立刻站了起来，转身下楼……

爸爸到底给我准备了什么礼物？

我现在满脑子都是这个问题……

“小希，你要去哪儿？”我正准备出门，身后却突然传来克里斯的声音来。

他应该是刚刚洗过澡，金色的头发湿漉漉的，还在滴着水，头上盖着一条白色的毛巾，露在家居服外的四肢湿漉漉的，从领口露出来的锁骨显得格外性感……

我忍不住微微失神，但是很快，我便回过神来……

现在不是关心这个的时候！

我有些急切地说道：“爸爸说给我留了礼物在别墅的书房，我要回去一趟！”

“这么晚了，你一个人回去不安全，你等我一下，我和你一起过去！”克里斯说着，转身胡乱抓着头上的毛巾擦了两把，便回了自己的房间。

我站在原地，不知道自己是该先走一步，还是继续等着他，克里斯已经迅速从房间里再次走了出来。

他手中抓着手机和钥匙，边换鞋边抬头看我：“走啊！”

我这才回过神来，愣愣地点了点头：“哦！”

不得不说，有车就是快很多，我们很快便沿着那个秘密通道再次回到了别墅里。

此时，别墅里的东西已经搬得差不多了，整个别墅空空如也。

在手电筒的照射下，不自觉透出几分阴森来……

我此刻顾不得感慨什么，便迅速往二楼的书房跑去，可是直到我爬上了二楼的阳台，却仍旧不见身后的克里斯追上来。

我忍不住回头，只见他正抓着手电筒缓慢地照过别墅的每个角落，昏暗的光线下，他的表情无法看清，但是不知道为什么，我的心中突然产生了一种奇怪的想法，就好像……好像……他曾经来过这儿似的。

我下意识将手中的手电筒指向了他的方向，想要看清楚他脸上的表情……

大概是灯光太过刺眼，克里斯突然皱了皱眉，仿佛受到什么惊吓似的，迅速回过神来：“你在干什么？”

“你在看什么？”我忍不住再次看了看房子的各个角落。

有什么好看的，已经什么都不剩了。

“没……没什么！”克里斯不自在地摇了摇头，这才迅速朝着楼梯的方向走了过来。

书房里，我很快便找到了爸爸所说的礼物。

那是一个已经有些年代的奖杯，和现在的工艺比起来，做工也不是很精细，却被小心地保存了起来。

此刻，随着奖杯被找出来，一段尘封的记忆也重新浮现到了我的脑海中。

那似乎还是幼儿园的时候，我第一次上台表演，拿了金奖，学校奖励了这个奖杯。

那是我人生中的第一个奖杯，所以抱着奖杯下台的时候，爸爸立刻将我高高地举了起来，让我坐在他的脖子上，笑眯眯地对所有人说："这是我女儿，聪明吧！"

那天爸爸很开心，回家以后，便一直拿着那个奖杯走来走去，然后嘴里碎碎念叨着到底应该摆在哪儿……

那个奖杯让我很是珍惜了一段时间，但是小孩的注意力总是容易转移的，后来，我的世界越来越丰富，越来越多彩，关注的东西也渐渐多了起来……

渐渐地那个小小的奖杯便被我丢到了一旁，很久以后想起，我还以为它是不是什么时候已经被我弄丢了，没想到，却原来是被爸爸收起来了。

原来爸爸一直这么爱我，这样想着，我突然觉得心中涨得满满的，感觉自己前所未有的富有。

我抱着奖杯，靠着书柜在地板上坐了下来："你知道吗？从妈妈过世以后，爸爸变得越来越忙，陪伴我的经常都是家里的仆人，我有时候会想，爸爸是不是觉得我是个累赘？"

"怎么会，所有人都知道他很爱你！他所做的一切都是为了让你有更好的生活……"克里斯轻声说着，在我的面前蹲了下来。

"可是那个时候的我并不知道，不管我说要什么，爸爸总是会毫不犹豫地给我钱，我以为他不关心我，他只是想要用最简单的方法打发我……我很生气，我想引起他的注意，我的成绩变得很差，但是他却对我说，学习不好也没关系，我们家有钱！于是，渐渐我明白了，只要我还是那个有钱有势的希梨小姐，那么一切问题都不是问题，毕竟，我有钱嘛！我使劲花钱，努力挥霍……可是为什么我还是觉得整个人都空空荡荡的……”

克里斯闻言，忍不住伸手轻轻握住了我的双手，我感激地看向他，朝着他微笑：“克里斯，你知道吗？我突然觉得这次的事情，好像并不如想象中那么糟糕呢！起码它让我学到了很多，也让我发现了很多我一直以来忽略的事情……很重要的事情！”

“小希……”

“我甚至会觉得，就算从此以后，我会彻底摆脱以前的生活我也愿意，我只是希望……希望爸爸可以回到我的身边！”说到这里，我的眼泪终于忍不住落了下来，泪水滴落在了那个奖杯中，发出一声轻响。

克里斯闻言，轻轻将我搂入了怀中，轻轻拍着我的肩膀说道：“别担心，小希，你爸爸一定会回来的！”

“呜呜，我真的很想很想爸爸……”我忍不住紧紧抓着他的衣服，哽咽道。

“别担心，我会找最棒的律师为你爸爸辩护，一定会还他清白的！”克里斯继续说着。

“真的吗？”我一脸惊喜地抬头，看向他。

昏暗的灯光下，克里斯湛蓝色的双眸却出奇的明亮，仿佛将星辰的光芒都吸入其中，他坚定地注视着我，点了点头，郑重地承诺道：“真的！”

不知道为什么，就是这么短短的两个字，我突然觉得自己惶惶不安的心终于安定了下来。

“谢谢你，克里斯！”我诚恳地朝他道谢道。

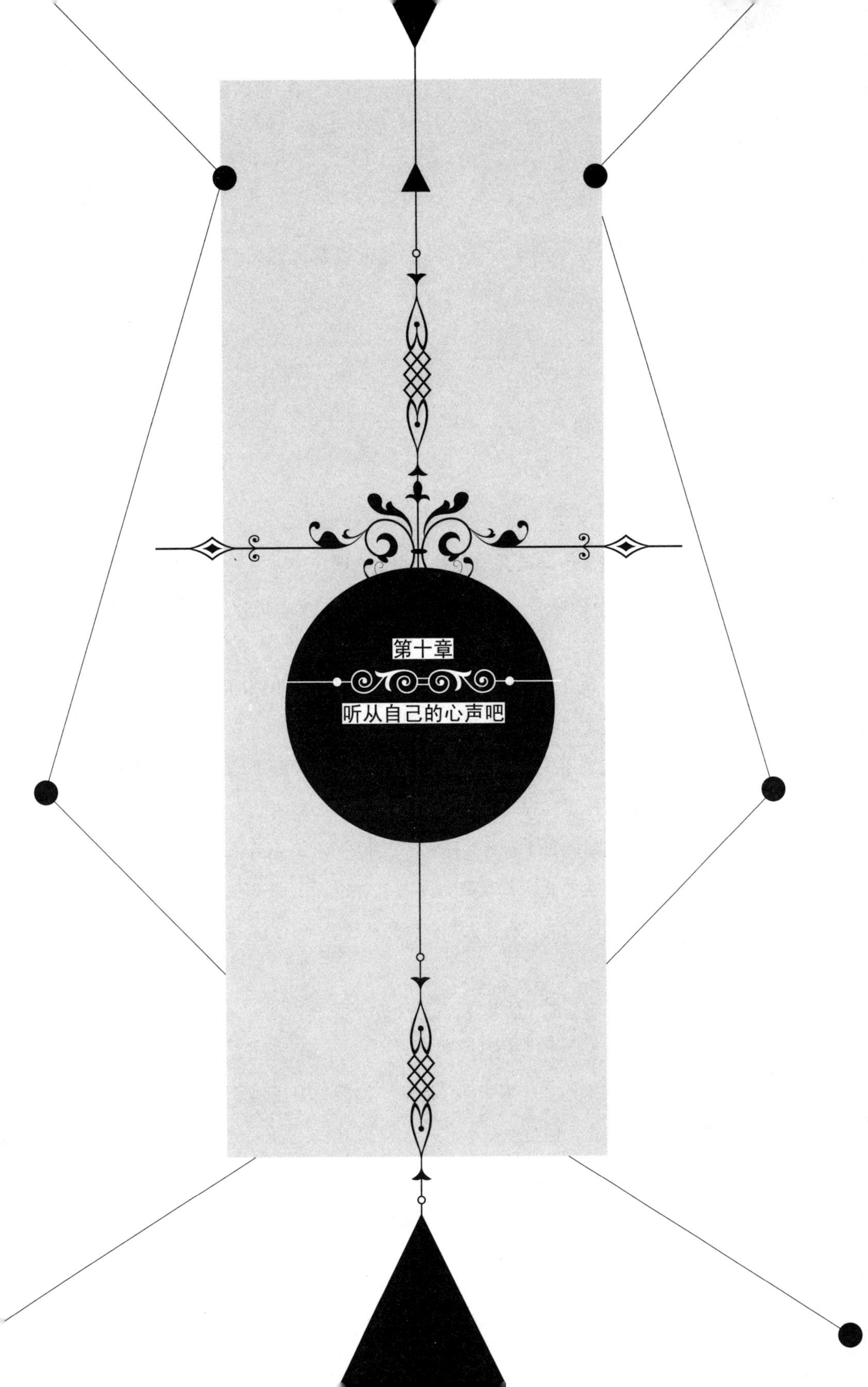

第十章

听从自己的心声吧

1.

克里斯家。

我坐在帐篷床中，认真地看着被摆放在帐篷中央的奖杯，突然觉得好像怎么都看不够似的，忍不住又将它拿了起来，抱在手中反复把玩着。

对我来说，现在这个奖杯已经不仅仅只是一个单纯的奖杯了，或许用连接我和爸爸之间的纽带来形容更为恰当。

我反复抚摸着手中的奖杯，直到不小心将它掉到了地上，奖杯的底座突然掉落，露出了杯底的东西来……

不会这么倒霉，我才拿到奖杯就把它摔坏了吧？我在心中哀号。

我连忙伸手去捞地上的奖杯，却见它在地面上调皮地打了几个滚，随即在被我抓到的瞬间，有什么光芒突然从我眼前一闪而过……

等等，那是什么？

我疑惑地捡起了地上的奖杯，倒过来，然后就发现……

"啊——老爸，我爱死你了！"

我忍不住兴奋地在帐篷中跳了起来，脑袋狠狠撞到了帐篷顶端的小夜灯，虽然有点疼，但是现在不是关心这个的时候，重要的是——

老爸居然藏了这么多值钱的珠宝在我的奖杯里！

所以……这才是那句"有给你的礼物"的终极奥义吗？

"哈哈哈，我就知道老爸不会不管我的，原来老爸早就为我准备了后路！"

想到这里，我顿时觉得自己快要被这个意料之外的惊喜砸昏了！

果然，一切都在朝着好的方向发展呢。

这是不是说明，很快爸爸也会出来了？

想到这里，我立刻迫不及待地起身，朝着克里斯的房间跑去……我必须跟他好好分享这个意料之外的惊喜！

"克里斯，你知道我发现了……"什么吗？

我后面的话语顿时卡在了嗓子眼里。

触目所及是一大片白花花的胸膛，克里斯应该是刚才又去洗了澡，身上还带着水珠。他没有穿上衣，只在脖子上挂了一条毛巾，下身还裹着浴巾……

克里斯似乎也被眼前的画面吓到了，半天都没有反应，只是瞪大着镜片后的双眼一脸茫然地看着我……

"对不起对不起！我不知道你没穿衣服……不是，我不知道……我……"我连忙转头，语无伦次地解释着，只觉得脸上火辣辣的烧着，恨不能有什么魔法可以让我直接消失。

呜呜，怎么会这样？

身后的人像是这才反应过来似的，迅速动作了起来："你等等……等等……"

身后传来了慌乱的脚步声，碰撞声，然后是痛呼声……

不知道为什么，明明刚才还困窘到不行的情绪，这一刻却突然奇异地消失了！我忍不住有些好笑，尤其是想到克里斯刚才镜片后茫然的眼神……

等等，我突然发现好像有什么不对?

我迅速回头，就见克里斯正手忙脚乱地站在衣柜前，上半身还是赤裸着，手中正抓着一件衣服，正打算往身上套，但是这些都不是重点，重点是……

“你近视？”我疑惑地看向他脸上戴着的那副大大的黑框眼镜。

不知道是不是我的错觉……总感觉这样的克里斯有点似曾相识的感觉。

“什么？”克里斯闻言，手中的动作一顿。

随即，他像是想起什么似的，突然脸色大变，连忙抬手就想要摸自己的眼镜，但是他却忘了此刻他的双臂上还套着衣服……

所以下一秒，悲剧如预料之中一般产生了！他脸上的眼镜就这样被衣服挂飞了出去。

不知道是不是不小心撞到了哪儿，克里斯立刻闷哼了一声，捂住了自己的脸。

“喂，你没事吧？”我连忙冲了过去，掰开了他的手，想要去看他的脸，“怎么了？撞到哪里了吗？还是眼镜刮到哪里了？”

克里斯仰着脸，脸上没看到什么伤痕，但是眼睛始终紧紧闭着，他的双手始终牢牢挡在脸上。

“伤到脸了吗？”我费了九牛二虎之力才让他放开了捂在脸上的手，却并没有如预料之中的看到伤痕，“咦？脸上没事啊？”

眼看他又要伸手，我连忙拍开了他的双手……

“别动！是刚才戳到眼睛了吗？你试着睁开眼睛看看？”

克里斯的眼睑微微颤抖着，这么近的距离下，我可以清晰地看到他脸上细腻的皮肤，和他如蝶翼一般轻轻颤动着的浓密睫毛，不知道是不是刚刚洗过澡的关系，他的皮肤透着微微的粉，更显得嘴唇柔亮而光泽……但是他却始终不曾张开双眼。

太犯规了，一个男生怎么可以长得这么好看？

我忍不住吞了口口水，在心中暗自提醒自己：冷静，希梨，你忘了他有喜欢的人了吗？

这样反复强调着，我才终于将自己从那个粉红色的深渊中艰难地拉离……

看着他仍旧紧闭的双眸，以及深深蹙起的浓眉，我立刻想到了另外一个可能，瞬间觉得整颗心都提了起来……

“不能睁开眼睛吗？伤得很严重？你等等，我现在立刻就叫救护车……”

说完我就要起身，却被人迅速拉住了手臂。我回头，就见克里斯此刻已经睁开了双眼，正一脸复杂地看着我，右手紧紧抓着我的手臂。

此刻，他的双眼睁着，看上去没有任何受伤的痕迹。可是这些都不是重点，重点是……

“你的眼睛……”我颤抖着指着他的双眼。

克里斯轻叹了口气，有些心虚地避开了我的视线。

“你不是金发蓝眼的外国人吗？为什么现在你的眼睛会变成黑色的？”我怒瞪着眼前的克里斯，直觉他一定有什么事情在瞒着我。

难怪他会突然戴眼镜，我还以为他是近视，其实他是一直戴了美瞳吧？

但是他为什么要骗我们？

如果只是单纯的好玩，没有必要瞒得这么彻底吧……

而且，看他的样子，分明就是故意想要让人误会的。

想到这里，我顿时觉得整个人都不好了！

克里斯闻言，微微眯了眯双眼，眸中迅速跳动着什么情绪……

半晌，他才犹豫着开口：“小希，其实我……”

“你是不是有什么阴谋？到底你的话哪句是真的哪句是假的？”不然的话，为什么要伪装身份？

“不是……”

我突然想到了一个更严重的问题：“你原来跟我说的，那个关于什么初恋的事情，是不是也是假的？”

闻言，克里斯终于爆发了！

他站直了身体，那双如浓墨一般的黑眸眨也不眨地盯着我，居高临下地看着我：“小希，你不能因为我撒了一个谎，就否定我的全部！这样不公平！”

“那你说，这个事情到底是怎么回事？”

到底是什么原因，会让他需要以另外一副模样出现在我们学校？

“我说还不行吗？你能不能先去客厅等我一会儿，让我把上衣穿上……”说到后面，克里斯的语气已经带上了微微的尴尬。

“啊啊，对不起对不起！”我这才意识到他从刚才开始就一直没穿上外衣，顿时脸上又开始阵阵发热，连忙转身往外冲去。

2.

客厅，我抱着一个枕头缩在沙发上发呆。

这段时间的生活真是太精彩了，各种大小“惊喜”不断啊！可是，我一点都不想要这样的“惊喜”好吗？

我突然发现，原来想要平凡的生活是一件那么艰难的事情。

克里斯很快便出来了，他重新戴上了那副黑框眼镜，身上换上了一套黑色的家居服，整个人看上去真的……特别的眼熟。

“我……”

我正想问克里斯我们以前是不是见过，他已经开门见山地说道：“关于那个初恋对象的事情，我没有撒谎，她是真实存在的！你上次不是问我后来怎么样了吗？我现在就告诉你……”

“啊？你之前不是说还不到时候吗？”我看向面前的克里斯，难道现在就是合适的时候了？

闻言，克里斯深深地看了我一眼，墨色的双眸中闪过一丝我不明白的情绪，半晌，他才不太确定地说道：“现在……大概是了吧！”

是就是，不是就不是，什么叫“大概就是”啊！

但是不知道为什么，克里斯的语气去突然让我有点不安。

他说：“我喜欢的那个人，从小就过着被男生包围着的公主般的生活，当时的我也是那其中的爱慕者之一。我是遗传性近视，从小就一直戴着眼镜，因此一直被大家嘲笑，个性也比较自卑。所以，哪怕我喜欢她很久了，却从来不敢像其他男生那样向她告白。直到有一天，我意外得到了一个和她独处的机会，我又兴奋又纠结，兴奋的是我终于有机会和她单独说话了，纠结的却是，我到底要不要趁着这个难得的机会跟她告白呢！最后，我鼓足了勇气，正打算开口，她却一脸嫌弃地看着我说你的眼镜好奇怪，我的自信心顿时被打击成了负数，更别提告白的事情了，这个事情也就不了了之……”

克里斯说到这里，顿了顿，再次深深地看了我一眼。

不知道为什么，我莫名觉得有些心虚。

半晌，他才接着说道："后来，一直到我们全家移民，我也没再找回信心对她再次告白。但是或许正是因为这种遗憾，这么多年来，我一直都忘不了她，所以我杀回了这所学校，重新回到了她的身边……"

这么说，难道她的初恋真的是贝微微？

但是……我看着眼前的克里斯，真的觉得他很眼熟。

"我……"我们之前是不是见过？

我分心地想着，正想再次问克里斯这个问题，他的下一句话却让我彻底愣在了当场。

他说："小希，我喜欢你！我的初恋就是你！"

"什……什么？"我愣愣地看着他，半晌都没回过神来。

这……怎么可能？

他喜欢的人不是贝微微吗？

如果他一直喜欢的人是我，怎么可能会和贝微微交往？

想到这里，我终于找回了一点理智，干笑着对他说道："呵呵……克里斯，这个玩笑一点都不好笑，你别闹了！你喜欢的人怎么可能是我，你不是为了贝微微回来的吗？"

可是哪怕明知道这只是一个玩笑，我的心跳却还是不受控制地加快了速度，有什么东西在心中鼓噪着，希冀着，发出簌簌的声响……

克里斯深情地凝视着我，脸上的表情不见一丝玩笑，他并没有急着解释，而是继续认真地说道："我太了解你了，我知道如果像其他男生一样来追你，你一定不会多看我一眼的，所以我必须反其道而行之，这也是我会选择乔装的原因。"

"那你为什么会和贝微微……"我忍不住蹙了蹙眉。

"这也是我会选择追微微的原因，因为我知道，如果那个对象是贝微微的话，一定能引起你的注意的！你绝对不能允许自己被一个丑女比下去！虽然这样看上去兜了一大圈，但是效果好像意外的还不错呢！”说到这里，克里斯脸上终于露出了几分笑意，他看着我，一脸期待地说道，“小希，你也是喜欢我的对不对？”

我如果说自己没有一丝心动，那绝对是骗人的。

毕竟眼前这个人是我那么努力都始终无法碰触到的人，我那么喜欢过的一个人，我甚至以为自己这辈子都不可能和他在一起了，可是谁能想到，事情会突然出现这样的转折呢？

世界上最开心的事情莫过于我喜欢的那个人，他刚好也在喜欢着我吧。

可是，那又怎么样呢？

“我喜欢的是那个阳光开朗，会为了喜欢的人付出一切的真诚少年克里斯，而不是面前这个费尽心机，为了得到喜欢的人的注意，而肆意利用别人的心机深沉的人……”我看向眼前的克里斯，失望地说道。

闻言，克里斯脸上的期待瞬间褪去，他的脸色立刻变得惨白一片。

他张了张嘴，似乎想要解释什么，可是最后却还是什么都没说出来。

“你怎么可以这样？这样利用一个善良女生的感情，真是太卑鄙了！”

克里斯的沉默让我觉得他像是已经默认了这一切，想到这里，我顿时爆发了。

在这份感情中感受到的酸楚，此刻仿佛都成了一个笑话，只要想到每次我因为他的事情而痛苦难过的时候，他说不定正在哪个角落偷笑，我便再也无法忍受……

我扔下了手中的抱枕，转身往楼上走去。

等到我已经走到了楼梯口，克里斯的声音才幽幽地从身后传来：“我也知道这样不对，可是我想不到其他能让你注意到我的办法……”

那声音委屈中带着几分无奈，我的心中顿时一片酸楚，忍不住停下了脚步。

克里斯说得没错，以我之前的脾气，如果他当时直接冲上来说想要追求我，绝对会被我无情拒绝的。

克里斯叹了口气，才接着说道：“而且，虽然我知道自己这样做很卑鄙，但是我真的希望能用自己的力量让贝微微能摆脱自卑，渐渐变得自信起来。她明明是那么善良又那么优秀的一个女孩，不应该因为外在的原因而被压抑。我不知道自己为什么会选择她，也许是因为看到贝微微，就好像看到了当初的我自己……”

克里斯说着，声音渐渐低了下去，带着少有的沮丧。

我的心中一颤，心脏顿时像是被什么狠狠攥住了一般难受。

可是每次只要我动摇，脑海中便会不自觉想起贝微微说自己越来越喜欢克里斯的样子……

女孩说到自己喜欢的人时，那闪闪发光的眼神，充满了憧憬，又如此柔软……

想到这里，我便无法原谅克里斯。

我忍不住狠狠握拳，直到指甲刺进掌心，剧烈的疼痛刺激着我，也让我终于从那混乱动摇的思绪中抽离……

我深深看了一眼客厅中央克里斯沮丧的身影，强迫自己转身离开……

身后再次传来了克里斯的声音，带着几分焦急和……委屈：“小希，到底要我怎么做，你才能原谅我？”

“我不知道！”我说完，忍不住落荒而逃。

我真的不知道……

事情为什么会变成这样？

3.

我和克里斯陷入了诡异的冷战中，或者应该说是我单方面不愿意理他。

我不知道自己到底应该怎么面对他，尤其是每天看到贝微微的时候，那种感觉便越发明显。

直到有一天，贝微微却突然从教室里消失了。

第一天的时候，我情不自禁地松了口气。

第二天的时候，我忍不住担心她是不是生病了……

第三天的时候，我终于忍不住开始问身边的人：“微微这几天怎么都没来学校？她生病了吗？”

可是没有任何人能给我答案，大家都不知道到底是怎么回事。

就连班主任老师，也只知道她是请假了，至于原因，她没有详说。

想到那天晚上克里斯的告白，我突然有些担心，她不会是因为知道了克里斯的计谋，所以受不了打击做了什么傻事吧！

想到这里，我忍不住打了个寒战。

我知道，这个时候最快的方法就是去问克里斯，但是心中某种固执的情绪却让我怎么也问不出口。

我仍旧住在克里斯家，不知道是出于什么原因，最终我并没有告诉他爸爸给我留了珠宝在奖杯底座里的事情。

大概是因为我害怕，害怕如果从他家搬出去以后，我们之间就连最后一丝牵挂都没有了吧！

于是，我们便一直这样沉默，像两个最熟悉的陌生人，沉默地生活在同一个屋檐下。

而贝微微，渐渐成了我心中的一根刺，在看到克里斯的瞬间，提醒我刺痛我的一根刺……

直到某天放学后，她一脸自信地出现在了我的面前……

我一直记得那天的情景，那天的风稍微有点大，风儿卷起漫天的落叶，也卷起她飘逸的长裙……

傍晚的阳光看上去有点惨淡，她微微昂着头，任由那呼啸而过的冷风卷起的长发，她脸上是前所未有的惬意……

明明外貌并没有什么改变，我却敏感地发现眼前的人似乎有什么改变了！

她似乎变得……比以前越发耀眼了！

那是一种由内而外散发出来的自信，就像是蝴蝶的蜕变，去掉丑陋的外衣后，她会以一种全然不同的形态，绽放出由内而外的光彩来！

看她的样子，这段时间似乎过得不错，我顿时长吁了一口气："微微，你这段时间去哪儿了？都联系不上你，担心死我们了！"

贝微微轻轻笑着，脸上是一种全然的光彩绽放，她笑着说："小希，恭喜我吧，我已经被英国的学校录取了，马上就要去梦寐已久的英国读书了！"

"啊？"我愣住。

所以说她消失的这段时间是在忙着出国的事情吗？

可是之前好像完全没有听她说起，难道……

“是不是因为……”我咬了咬牙，不知道到底要不要问出来。

贝微微却像是完全没有察觉我的欲言又止似的，笑着说道：“说起来，这次还多亏克里斯帮忙介绍学校呢！”

我忍不住松了口气，看她说起克里斯时的样子，应该是还不知道吧！

“你开心就好！希望你去了英国也能开心快乐！”我忍不住伸手抱住了她。

这样也好，在国外时间久了，说不定她就会忘记克里斯了！

想到这里，我忍不住长吁了一口气，但是随即又忍不住想，克里斯是不是也是打着这样的主意呢！

想到这里，我顿时觉得整个人都不好了！

啊啊啊——我快要疯掉了！

“小希，谢谢你和克里斯，我现在已经不再是那个自卑的丑女贝微微了！”贝微微在短暂的怔愣后，也伸手回抱住了我，在我的耳边轻声说道。

我顿时觉得自己快要被内疚的情绪淹没了！

到底要不要说……

她把我当成朋友，可是难道我却要和克里斯一样，一直瞒着她吗？

可是自己那么喜欢的男生，却从头到尾都没有喜欢过自己，如果她还继续这样傻傻地喜欢下去，是不是太可怜了？

想到这里，我忍不住推开了怀中的人，鼓足了勇气说道：“微微，我有一件事情要告诉你……”

“什么？”她笑着看向我。

“那个，就是……”我真的要说出来吗？

或许，什么都不知道会比较幸福吧！

她自己不是也说，她有时候会觉得克里斯喜欢的人不是她吗？或许她自己什么都明白呢？

如果是这样的话，我又何必多此一举？

想到这里，我顿时咬了咬嘴唇。

“嗯？”贝微微歪着脑袋看了看我，那眼神别提多无辜了。

我的心便再次动摇了，就算她自己心里明白又如何，事实就是事实，既然我知道了，站在朋友的立场，我就应该告诉她实情，至于怎么选择，那就是她的事情了。

我深吸了一口气，可是等到真正要说的时候，我却立刻发现自己远没有想象中的那么坚定：“微微，我有事要跟你说，是关于克里斯的……其实……其实……你先保证你听了绝对绝对不能做傻事……”

呜呜呜，我还没说，便已经满头大汗了！

为什么我要做这种事情？

事情是克里斯那个浑蛋做的，不是应该由他来解决才对吗？

想到这里，我觉得心中的郁闷更重了。

“其实……那个……克里斯一直在……”我再次咬了咬嘴唇，哀怨地说道。

贝微微却突然笑了起来，她突然一把搂住了我，轻笑着说道：“小希，谢谢你！”

“啊？”刚刚不是才道完谢吗？怎么又道谢？

“你是想告诉我克里斯其实一直在骗我的事情吧？”贝微微看向我，脸上带着微微地促狭。

“你都知道了？”我忍不住惊讶道。

“嗯。”贝微微点了点头，脸上露出几分伤感的情绪来，她看了看我，轻声说道，“其实很早以前，我就知道克里斯喜欢的人不是我。最开始的时候，是因为不自信，总觉得像他那么优秀的人怎么可能喜欢上像我这样的丑女……但是第一次有人对我那么好，那么努力地讨好我，努力让我开心，我承认自己渐渐喜欢上了他，也曾经和大家一样，误认为他是真的喜欢我的。直到看到你们的相处以后，我才渐渐明白，我们之间的相处到底有什么不对。”

贝微微说到这里，脸上变得有点复杂，她看了我一眼，半晌才轻声说道：“虽然克里斯很开朗热情，但是其实认真了解他以后，就会发现，其实他对人的态度，差别是很明显的。对普通的关系一般的同学朋友，他是随和开朗的伙伴，他会让人觉得开心放松，但是他很少为别人的行为做建议或者拿主意，他会让你自己做决定。而对关系更近点的朋友，他会很体贴地照顾到你生活的方方面面，并且会在你遇到困难的时候给出建议。但是只有在面对喜欢的人时，他才会生气会沮丧会怒吼，那个时候的他才是完整的他……”

“而对我，一直都是第二种。在只有前两者存在的时候，我以为自己是被爱的，可是直到出现了第三种答案，我才知道自己错得离谱。”贝微微说着长吁了一口气，仿佛整个人都轻松了似的，深深地看了我一眼，轻声说道，“关于他利用我来接近你的事情，那天克里斯已经跟我解释过了，我也已经……原谅他了！”

“是吗？你能看开就好……”我轻笑着朝贝微微点了点头，心中却不知道为什么，突然有些发虚……

我是克里斯的第三种存在吗？

我突然觉得自己茫然了！

贝微微离开前，拍了拍我的肩膀，叹息着说道："小希，别急着推开他，试着听听你自己心里的声音吧！"

4.

我心里的声音是什么？这几天我一直在纠结着这个问题。

我必须承认，贝微微的话让我的心中好受了很多。

但是，我却仍然无法这么快就选择和克里斯和好，原本的心结已经不存在，现在的纠结与其说是还有什么问题，倒不如说是拉不下面子。

心态改变后，再次见到克里斯，我顿时觉得手脚都不知道怎么放了。

不过，最近克里斯似乎很忙的样子，每天除了上课的时间，几乎见不到他，这让我在心中舒了口气的同时，又忍不住有点失落……

这天放学后，等到所有人都走光了，我才背着书包一个人慢吞吞地往外走去……

今天晚上，就找个时间好好和克里斯说说吧，看看他心中到底是怎么想的，还有他这段时间到底在忙什么？

想到这里，我才终于觉得心中平静了点，大步往前走去。

"小希……"

"小希……"

耳边恍惚之间传来熟悉的声音，我抬头看了看四周，不见一个人影，顿时忍不住嘲笑自己真是会胡思乱想。

老爸怎么可能在这里？

想到这里，我忍不住好笑地摇了摇头，继续往前走去……

“宝贝儿！”

不是幻觉！

我猛然停住了脚步，却见爸爸气喘吁吁地从后面追了上来：“你走这么快干吗？”

“爸爸？”我难以置信地看着眼前西装革履的人。

“爸爸在呢！”老爸笑呵呵地看着我，应着我。

我不是在做梦吧？老爸真的回来了？

我忍不住狠狠掐了一把自己的大腿：“啊——”

痛的，我不是在做梦！

我忍不住狠狠扑了上去，挂在了老爸的身上：“爸爸，爸爸……你真的出来啦！”

“哎哟！宝贝儿，爸爸的腰都要被你压断了！”爸爸轻笑着，却并没有将我推开，最后，还是路过的人让我有些不好意思，才默默从老爸的怀中退了出来。

“你是不是有个叫克里斯的朋友？”老爸笑着说道。

“什么？他怎么了？”骤然从老爸的嘴里听到克里斯的名字，我下意识地有些紧张。

老爸叹息着说道：“这次的事情多亏了你的这个朋友，是他帮爸爸找的律师洗脱了嫌疑，现在，我们可以重新开始了！”

说到这里，老爸似乎颇有感触，眼眶也跟着红了起来。

我忍不住再次扑到了他的怀中，哽咽着点了点头：“嗯！我们重新开始！”

只要有爸爸在身边，我就什么都不怕了！

因为爸爸的出现，我忘记了准备找克里斯说清楚的事情，当天便去克里斯家收拾了自己的行李，跟着爸爸一起回到了我们的“新家”。

那是一个小小的两居室的房子，比我们曾经的房子小了不知道多少，但是我还是很开心……

我又有家了！

和爸爸一起的家！

躺在爸爸用心布置的，虽然小巧却温馨的房间，我的心中满满都是感动……明天我一定要好好谢谢克里斯，谢谢他为我做的一切，然后好好和他聊聊关于贝微微的那件事情……

可是让我没想到的是，克里斯居然消失了！不，或许应该说是人间蒸发比较准确。

第二天早上，我早早便到了学校。

我想要第一时间见到克里斯，向他道谢。

可是直到上课以前他都没有出现，我以为他只是迟到，可是等到一个上午的课都快上完的时候，我终于忍不住问准备去学生会的安辰禹：“克里斯……今天请假了吗？他生病了吗？”

闻言，安辰禹脸上的表情看上去很古怪，我以为他是惊讶于我会突然关心克里斯的事情，毕竟这段时间我们冷战的事情，大家基本上都知道了，而作为克里斯最好的朋友，安辰禹肯定比别人更加了解，想到这里，我的表情顿时有点尴尬……

“那个你别误会，我……我只是想要跟他道谢而已，谢谢他帮我爸爸找律师……”我面红耳赤地解释着，只觉得在安辰禹眼神的压迫下，我已经手脚都不知道怎么放了。

安辰禹却并没有回答我的问题，反而问了一个让我彻底懵掉的问题……

过了好半晌，他才一脸茫然地看着我，说：“谁是克里斯？”

“什么？”我茫然地回视他，有点怀疑自己是不是听错了什么。

“我说，谁是克里斯？我认识？”安辰禹脸上的表情看上去特别认真，他褐色的眼眸冷淡地注视着我，是他一贯的情绪。

“安辰禹，别开玩笑了，这个玩笑一点都不好笑！”我忍不住有点生气。

好吧，我知道我之前做得稍微有点绝情，他想要为自己的好朋友找回气场，狠狠报复我也是在所难免的啦！

但是……这个玩笑一点都不好玩好吗？

“你觉得我像是一个喜欢开玩笑的人吗？”他手中抱着一叠资料，居高临下地注视着我，镜片下的双眸闪过一丝冷光。

“不像！”我轻声说道，懒得继续和这个神经病纠缠，转而问旁边克里斯的同桌，“小林，你知道克里斯今天为什么没来吗？”

眼前的男生是我从前的死忠粉之一，此刻见我靠近，立刻一脸紧张地吞了吞口水，一副不知道如何是好的表情……

也不知道他到底有没有听到我的话，我忍不住轻笑着再次问了一遍：“或者，昨天放学的时候，克里斯有没有说自己今天要去干什么事情？”

“啊？”小林一脸痴呆地看着我。

我顿时有些不耐烦，脸上的笑容也消失了：“他没跟你说吗？”

小林像是这才回过神来似的，一脸莫名地看向我：“谁？”

“克里斯啊！他昨晚放学的时候有和你说什么吗？”

“谁是克里斯？”

“什么？”我忍不住看向小林，试图从他的脸上找到一点恶作剧的痕迹，但是没有，“克里斯，你的同桌，你忘了吗？”

“小希，你是不是病了？”小林一脸怜悯地看着我，半晌才轻声嘟囔道，“我一直都是一个人坐的啊，你忘了吗？”

不对，不是这样的！

“你之前确实是一个人坐的，但是后来克里斯来了，他成了你的新同桌。”

“根本没有什么克里斯，我一直都是一个人坐的。看，我的零食还在里面呢！”小林说着，伸手拉开了一旁的座位，就见原本塞满了课本的课桌里，此刻已经被各种垃圾食品占满……

这绝对不会是克里斯做的事情，我知道他最讨厌垃圾食品了！

所以……

“这到底是怎么一回事？”我无措地看着眼前的一切。

一旁的小林还在一脸担忧地看着我：“小希，你真的没事吗？”

“没事！”我无力地朝他挥了挥手。

我的心中升起了一种前所未有的不安和害怕，我连忙伸手抓住了正准备去学生餐厅吃饭的郝铭……

这个班上和我关系最好的现在就只剩下郝铭了，他一定不会骗我的。

“小希，你要和我一起共进午餐吗？”郝铭兴奋地看着我说。

我忍不住抓紧了他的手，认真地说道：“郝铭，你能认真地回答我一个问题吗？”

“什么？”大约是我脸上的表情太严肃，郝铭也慢慢收敛了脸上的表情，认真地看着我。

“你认识克里斯吗？”

郝铭小心翼翼地看着我，我忍不住紧张地咽了口口水，半晌才听他小声地问道：“克里斯？是新出的偶像剧男主吗？”

我顿时觉得一阵天旋地转。

怎么可能？为什么大家好像都忘记了克里斯的存在似的？

这一个晚上的时间，到底发生了什么？

我不死心地又抓了几个人问，可是得到的都是一脸茫然的反问：“克里斯是谁？”

到了最后，甚至连我自己都忍不住怀疑了起来：“克里斯真的存在过吗？”

还是所有的一切都只是我的幻想？

这样想着，我顿时忍不住晃了晃自己的脑袋……

笨蛋希梨，你到底在想什么？如果连你都否定他的存在，那就真的没人记得他的存在了……

只是，难道我再也见不到克里斯了吗？想到这里，我顿时觉得害怕起来。

怎么办？这到底是怎么一回事？

为什么一夜之间，大家好像都集体失忆了似的，没一个人记得他了？

直到这一刻，我才发现……我真的不能没有他！

想到这里，我的心狠狠地抽痛了起来……

对不起，克里斯，我错了！我不应该否定对你的感情，更不应该在贝微微都原谅了你的情况下，却因为面子问题不和你和解的……

呜呜……对不起，我错了！

你回来好不好？我真的不能没有你……

你不在的话，我会害怕……

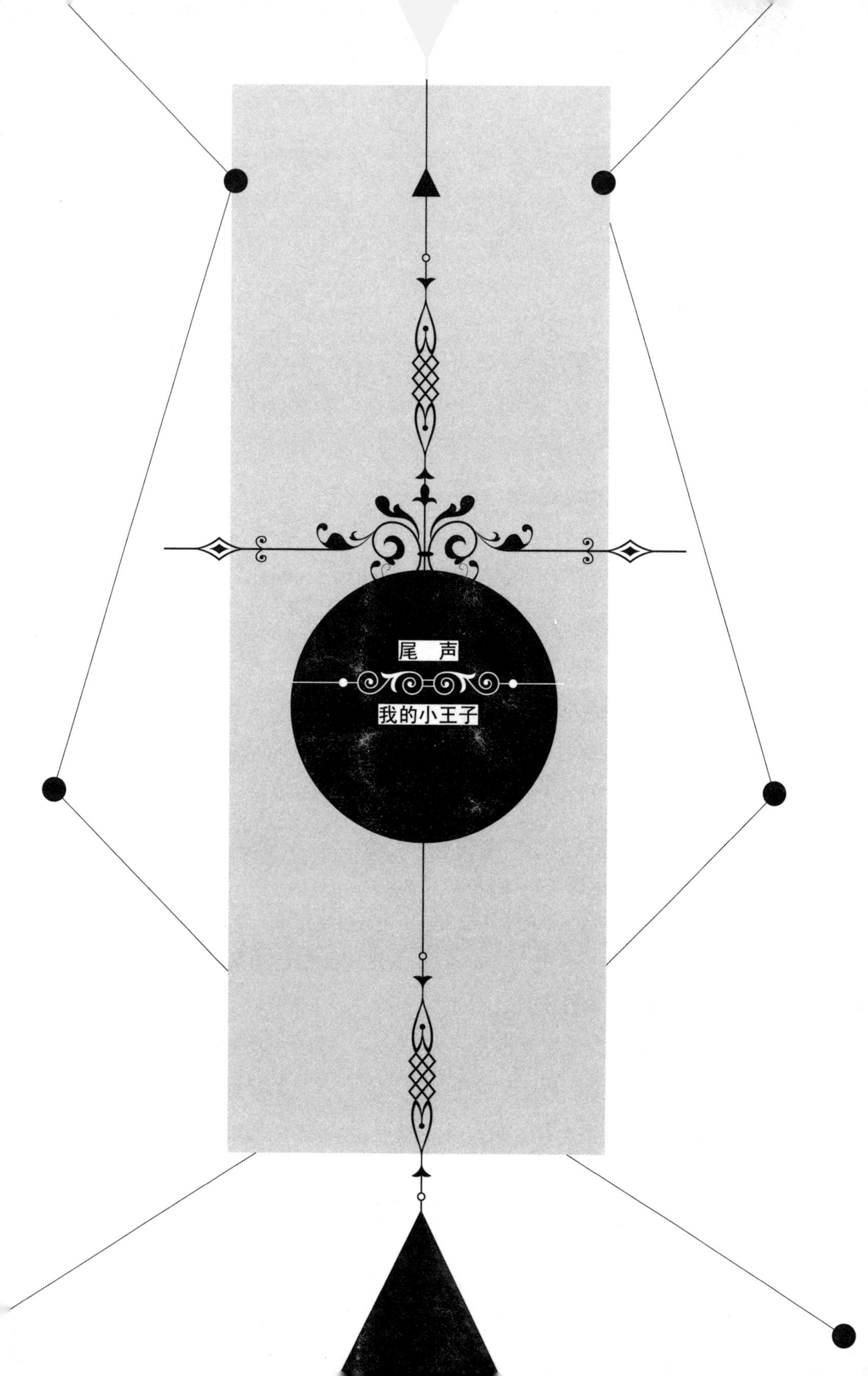
尾　声
我的小王子

这是我度过的最漫长的一个星期。

每天从早上太阳升起到夜晚连月亮都躲进了云层，我一直都期盼着，期盼着所有的一切只是一场噩梦，下一秒，会有人跳出来对我说：“Surprise！”

可是，什么都没有，大家真的彻底忘记了克里斯。

像所有魔法故事的结尾一样，从魔法王国前来的主人公，在人类世界度过了充满欢笑的日子，但是最后的离别时间却还是如期而至，他大手一挥，抹掉了所有人的记忆，却唯独……唯独……舍不得让自己最爱的那个人忘掉自己，所以，他偷偷保留了她一个人的记忆，留她一个人在以后的日子回忆……

可是，童话故事中的主人公最后一定会卷土重来，带着对爱情无法割舍的情怀，以一个全然陌生的身份出现在他们熟悉的环境里……

可是克里斯呢？

他真的消失了！

我找遍了所有我们曾经一起出现过的地方，却没有任何发现。

所有一切仍旧在有序地进行着，这个世界并不会因为少了谁而停止运转……

所以，我真的再也见不到他了吗？

想到这里，我忍不住微红了眼眶，眼前课本上的字体也渐渐模糊了……

骗子！

你不是说会一直喜欢我的吗？

现在呢？

只是受了这么一点小小的挫折，就玩失踪了吗？

正在这个时候，耳边突然传来一阵惊呼声。

我下意识回头，见到眼前的画面时，顿时忍不住瞪大了双眼……

此时，教室的窗户突然被人从外面扒开……

“砰——”随着一声闷响，一个黑色的东西突然从窗口被扔了进来。

我下意识回头，只见一个穿着白色球服的黑发男生，正单手抓着窗户上方的横栏，像小飞侠一样灵活地跳了进来。

他一个矫捷的跳跃，身体微微倾斜着，从不算宽敞的窗户里“咻”的一声跳了进来，身体横越过窗户下方的那张课桌，最终稳稳落在了课桌之间的走道上。

周围顿时一片口哨声，男生们顿时沸腾了，嗷嗷嗷大叫着：“好样的，哥们！”

“太帅了！”

“我家男神还是始终如一的帅气呀！”

……

“多谢，多谢夸奖！”男生坦然地接受了大家的赞扬，单手贴胸，另一只手背在身后，朝着前后左右，分别行了几个标准的绅士礼。

随即，他捡起刚才被扔进来的黑色背包，随手甩到自己的肩膀上，视线便在教室里移动起来，像是在寻找着什么……

那是一张如希腊雕塑般轮廓分明的脸，笔挺的鼻梁上方，浓黑的剑眉之下，一双黑色的眼眸如黑曜石一般，让人无法移开视线。

是克里斯，一个全新的克里斯，他回来了！

我忍不住颤抖地捂住了自己的双唇，眼泪不小心掉落下来……

他回来了。

他真的回来了！

这一瞬间，巨大的惊喜冲击着我的大脑，我忍不住笑着哭了出来。

“呜呜，克里斯……”

此刻，他正深情地看着我，漂亮的黑眸中荡漾着深情的柔光……他的眼睛……

他单膝跪地，一脸深情地朝我伸出了手：“嗨！我的最爱，你愿意做我的女朋友吗？”

“愿意，我愿意！”我哽咽着，将自己的手，放进了他的手心。

克里斯立刻开心地跳了起来，抱着我哈哈大笑起来……

旁边的同学们也都开心地围了上来，鼓掌起哄道：“Kiss，kiss，kiss……”

克里斯闻言，深深地注视着我，黑色的眼眸中跳跃着兴奋的光芒，他嘴角微微上扬，眼中含笑，在众人的笑闹声中缓缓靠近……

“喂喂，大家都看着呢！”我害羞地想要推开他，却立即被克里斯更加用力地抱进了怀中。

他的脸在我的面前渐渐放大，放大……然后，一个柔软的物体轻轻落在了我的……额头。

“咦？怎么可以这样？”

“克里斯，你这是作弊！”

“说好的亲嘴呢！”

……

“哈哈哈……”回答他们的是克里斯得意的大笑，随即他便将满脸通红的我迅速搂进了怀中，在我耳边轻轻说道，“小希，我们终于在一起了！真好！”

后来，我才知道那场集体失忆是克里斯和同学们串通好的一出戏！

但是，这都不重要了不是吗？

重要的是，我终于确定了自己的感情，我们终于在一起了！

不过……既然他敢再骗我，就一定是已经做好了被惩罚的准备，哼哼！

周末，我跷着腿躺在克里斯特别为我准备的这栋梦幻城堡中，使劲地奴役着城堡主：“克里斯，我饿了！”

“克里斯，我要饮料……”

“克里斯，这个电视上的点心看上去好像很不错啊！你能为我学着做吗？”

……

“小希，我们别玩了好吗？”克里斯气喘吁吁地趴在地毯上，一脸痛苦地说着。

我立刻伤心地抹了抹没有眼泪的眼角：“呜呜，我没想到你居然又骗我，真是太让人伤心了……”

“对不起，我错了！”闻言，克里斯立刻从地毯上爬了起来，打起了十二分的精神，温柔地笑着问我，“我的最爱，还有什么吩咐？”

“克里斯……”

“嗯？”

“我命令你，一直待在我的身边！”

“遵命！”克里斯立刻笑着，夸张地行了个军礼。

这样……就很好了！

Holiday

第一站·昆明

身体和灵魂，总有一个在路上

三月中旬，我在家中看完了文慧写的《享受那一片柔软时光》。这是一本新书，淡淡茶香，图文并茂，旅途中的高清美景照片加上作者旖旎诗意的文字，让我有了一种愉悦的冲动，想要旅行的欲望忽然变得强烈，于是匆匆请假离开了长沙。

到达春城的时候是早晨。我拖着行李箱疲惫地走出机场，阳光不期而至，高原清冽的空气让人精神一振，我不由得深呼吸。喊了一辆出租车，在酒店稍事休息，下午便迫不及待地赶往圆通寺。

圆通寺是一座拥有1200年历史的古寺。恰逢三月，寺内水榭回廊，繁花盛开，叫人疑心误入江南水乡园林。我沿着中轴线前往圆通宝殿，对着高大的佛像虔诚地拜了拜，便在寺内闲逛起来。

这个时候一种平静悄然占满了我的心。

寺内游人如织，每个人的脸上都带着欣喜的笑容，孩童的嬉闹也交错起伏。我的脚步不由得慢了下来。这种热闹和往日的喧嚣不同，阳光、美景、游客，让脑子里绷紧的弦无比松弛。

我的身体不知不觉轻快起来，灵魂与自由拥抱，奔波了一路

的心，此刻终于得以休憩。

我想起文慧在书中所说，“身体和灵魂，总有一个在路上”，偶尔来一场说走就走的旅行，总会邂逅生命的惊喜，真是太对了。

爱自己是终身浪漫的开始

在昆明休整一天，我带着简单的行囊和这本散发着油墨香的《享受那一片柔软时光》，来到了秀丽古雅的大理古城。

古城有着浓郁的南诏特色，我兴高采烈地一路吃过去，雕梅、凉鸡米线、大理砂锅鱼……丰富的美食叫人乐不思蜀，一天一夜时间，我的“吃货”本能得到大大的满足。

第二天我就精神饱满地乘车去洱海。

没有什么能形容那一刻的震撼，当那片湛蓝的湖水由车窗映入眼帘，我的心就狂跳起来，仿佛一段恋情开始了。

我想每个人心里都有这样一块地方，它澄澈见底，它宁静辽远，它不容于世俗……洱海就是这样的地方。

美丽的湖泊比大海还叫人着迷，在这样的地方看到这样一片湖水，不禁让人有种柳暗花明的惊喜，它仿佛就是上天给所有过客的恩赐之地。

租了一辆自行车绕湖转了几圈，本来想看一眼就走，结果在这里住了一夜。直到离开，心头仍有不舍，相机“咔嚓”一响，带走一片湖光，留下深深的留恋。

最后一站是丽江，这座最适合艳遇的古城。

晚上的丽江古城如同秦楼楚馆中色艺双绝的头牌。火树银花中，酒吧一条街热闹火辣，大有醉生梦死、不知今夕之意，哪怕最冷漠的人到了这里，都会被如火的氛围感染。

这里适合热闹，同样也包容安静。

走在清凉的青石板路上，曲径寻幽，慢慢地就远离了喧嚣。

在灯火的指引下，可以顺着蜿蜒的石路向上，走到坡高处的屋楼俯瞰夜景，也可以让石路将你带进某条僻静的巷子，然后你会惊喜地发现，那看似生意冷清的小店，食物竟意外的美味。

我曾经听过一句话，说丽江是艺术家的天堂。据说国内外许多艺术家都曾在此流连，甚至一住就是数月数年。来这里之前我感到奇怪，到了这里之后就觉得理所当然，没有什么比“钟灵毓秀”更能用来形容丽江的。

恰如文慧在《享受那一片柔软时光》中所言，这世间所有的相遇都是久别重逢。旅行，是一个美好的词汇，让一切相遇都有了浪漫的契机，当时机来临，我们只需放松身心，享受那一片柔软时光。

她喜欢了他十年，却在第十年等到了他要娶别人为妻的消息。

他辜负了她最美的年华，她满心欢喜只等到断肠毒药。

于是她恨，她怨，她挣扎，却斩不断对他的爱。

她让自己成为全城人眼里的笑话，发誓要他也一点点尝遍她所受的苦。

三年后，她带着一身腥风血雨归来，爱恨尽头，

他还能见到那年春花烂漫里，三两桃花枝下，一身绿裳的她吗？

“古言天后”＋“悲情女王”唐家小主

携新作**《十年红妆》**华丽来袭，请各位美人、贵人、才人自备纸巾擦鼻涕眼泪哦！

号外号外，好消息，特大好消息！

你，也曾经有过那种心情吗？

深深地爱着某个人，以为她（他）会一直在你身边，

可是某一天突然发现，她（他）不再属于你。

那种刻骨铭心的痛楚，无法用世间任何言语描述。

如果你也曾有过默默爱恋一个人长达三年以上而没有结果，

欢迎写下你的内心独白，邮寄给唐家小主，

作者的签名新书，说不定就会从天而降，砸到你头上啦！

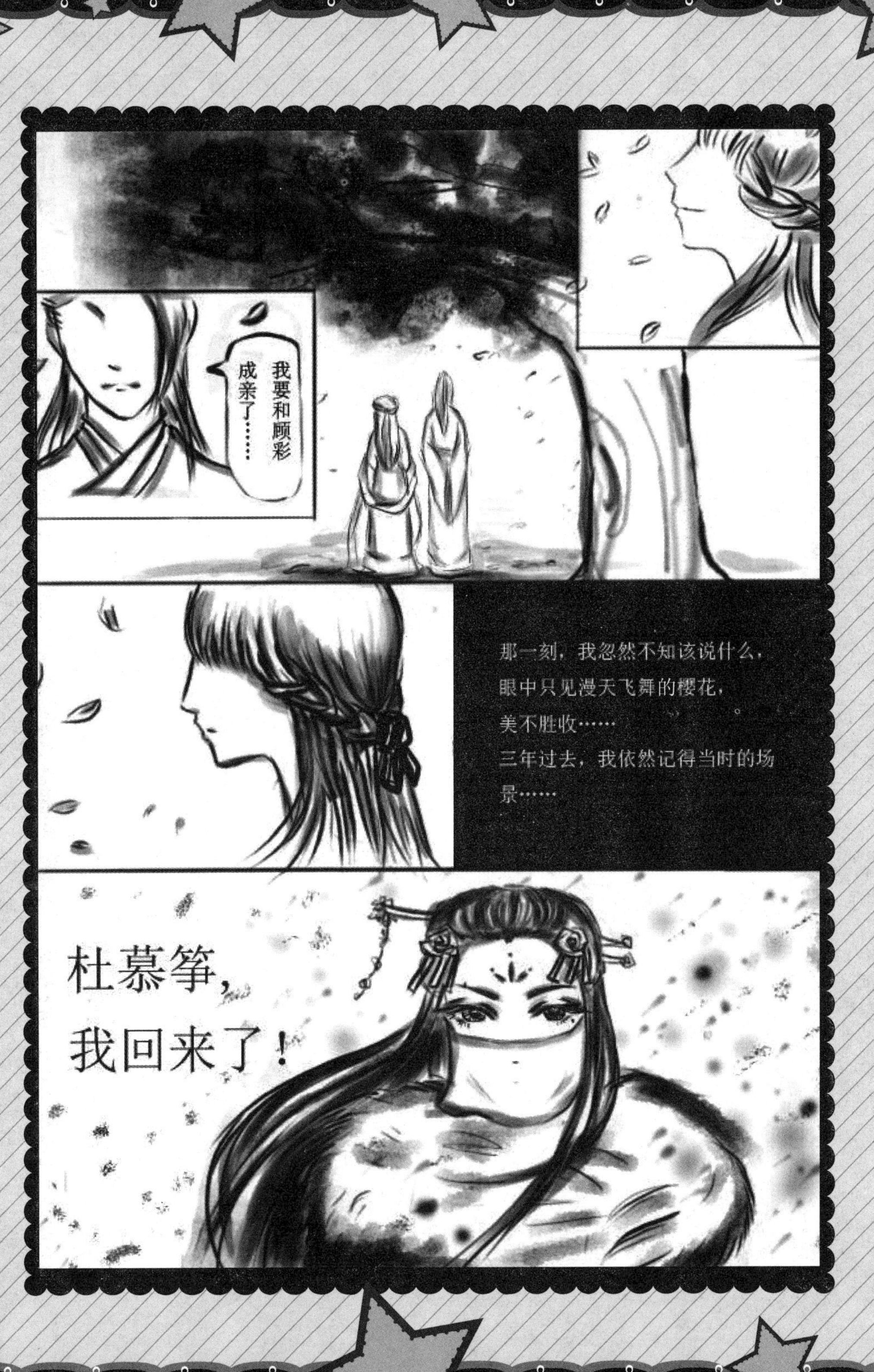
我要和顾彩成亲了……
那一刻，我忽然不知该说什么，
眼中只见漫天飞舞的樱花，
美不胜收……
三年过去，我依然记得当时的场景……
杜慕筝，
我回来了！

少年美颜秀

“异兽美食”系列之绝世小鲜肉EXO版

一本《山海经》，封印了四只强大的上古异兽——

只有注定的女生，才能让它们解封苏醒！

少年饕餮，火爆毕方，腹黑九尾狐，优雅谛听……

甜心文学掌门人巧乐吱创造史上最强

“吃货+厨师+美食评论家+专属点心师”

妖怪美食团！

本年度最强浪漫魔幻校园大作，异兽美食华丽来袭，从《山海经》里出来的他们究竟有什么超能力？

超级好吃的饕餮、表现完美的圣兽谛听、挑剔刻薄的九尾狐和脾气火爆的毕方，他们究竟是什么样的生物？

让我们看看他们跟同样拥有“超能力”的EXO成员有哪些相同吧！

PART 1:

饕餮——白雪

白雪属于饕餮，是传说中龙生下的第五子，地位高贵。在我们人类社会里，他是黑发白肤的美少年，看上去很呆也很可爱，其实很聪明。非常爱吃的大胃王，基本上一直在吃东西，但是对吃的东西要求很高，觉得特定人物的情绪才是最高美味。所以，白雪是以情绪为最好食物的美食妖怪。

对比成员：金珉锡〔XIUMIN〕

XIUMIN的外号是“包子”，因为脸上肉嘟嘟的像包子一样。跟我们的饕餮白雪一样，XIUMIN很具有欺骗性哦，别看他外表这么单纯可爱，实际上是所有成员中年纪最大的。XIUMIN跟白雪一样也有好胃口，这个被粉丝戏称为“吃货妖精”的少年，对“韩牛”的热爱非比寻常，这也跟我们的白雪一样，对高品质的食物最感兴趣！温柔的“包子”还会做咖啡，梦想是开属于自己的咖啡店。这么好喝的咖啡，白雪也会去尝尝的。饕餮白雪跟我们的“包子”有很多相似的地方，喜欢“包子”的话也不能错过饕餮白雪哦！

PART 2:

九尾狐——九黎

传说中的九尾狐是青丘山上的霸主，身后长了九条尾巴。在人类社会里的九尾狐九黎，实际上是个喜欢甜食的冷面人。特点是说话刻薄，属于有仇我当场就报的那种类型。刻薄的九黎却拥有最顶尖味觉和惊人准确的评判力，经常接受世界各地的高级大厨和高级餐厅的邀请去品尝美食，是以点评食物为生的人。

对比成员：金钟大【CHEN】

CHEN在出道前是以唱歌比赛第一名的成绩进入公司当练习生的，出道后还单独演唱过大热电视剧《没关系，是爱情啊》的插曲，他的唱功一直受到广泛的赞扬，这也跟九黎的美食评判能力一样，得到了大众的肯定。

但CHEN也是公认的“补刀王”，属于说话刻薄的类型。这也跟九黎一样，拥有出众的能力，可惜非常说话刻薄，有时候是对队友，有时候是对粉丝，这也成为他独特的魅力。

九黎跟CHEN一样，也拥有神奇的能力加说话刻薄的魅力，你接受得了吗？

PART 3

毕方——毕芳

传说是像鸟的老父神，常常衔着火到人类家里制造火灾。因为只要有他出现的地方就有火灾的传言，被称为凶兽，历来被人讨厌。在人类社会里，毕方其实是非常具有男子气概的帅气男生，看似性格爆烈、喜欢皱眉，实际上很温柔，是一个喜欢做菜的厨师。

对比成员——金钟仁【KAI】

KAI是组合中的舞蹈“担当”，爱跳舞的他曾经没日没夜地泡在练习室里跳舞，让其他人都大呼受不了。正是他这种对舞蹈的“如火热情”，让他的舞蹈能力倍受肯定。这也跟毕芳一样——把自己“火”的属性注入到做菜的热情里，成为了一名优秀的厨师。有这么专注热情的人当朋友，你hold得住吗？

PART 4:

谛听——狄亭

传说中的谛听是地藏菩萨经案下伏着的通灵神兽，具有保护主人、驱邪避恶、明辨是非之神威，总之就是地位很高、能力很强的神兽。我们的谛听在人类社会里是非常温柔的点心师，是一位拥有银色长发的美少年。而且谛听因为本身能力很强，在佛前见识也很多，基本上可以说，就是常人只能膜拜的“学神”类型。在谛听面前别乱说话哦，因为他能听见你心里的声音。

对比成员：金俊绵【SUHO】

身为EXO的队长，管理一个这么多人的队伍，SUHO的能力已经被承认了。不但如此，SUHO学生时代的成绩很好，当过班长和学生会副主席，属于“别人家小孩”的范畴。在全队投票中，公认队长的性格是模范的、有礼貌、细心周到、温柔。这些都跟我们的圣兽谛听一样，属于完美系。如果有个这样的男朋友，你会有压力吗？

“异兽美食”系列！

第一部《上古萌神在我家》，看无敌大胃王、妖怪美少年白雪如何“吃”心不改、一“吃”定情！

“异兽美食”系列之《上古萌神在我家》内容抢鲜看：

“吾乃白雪君是也！”

泰央在整理收藏家爷爷的遗物时，从一张奇怪的古书帛页里蹦出了一个名为白雪的上古妖怪。

这个妖怪是个皮肤非常白皙的美少年，但同时也是一个食量可怕的“吃货”！

他能吃掉任何东西，无论是食物还是……人的喜、怒、哀、乐。

而可悲的是，对于这个妖怪来说，泰央的喜、怒、哀、乐是一种比高级点心还高级的无上美味！

所以——

“你要多笑哦，你现在的心情就好像白奶油一样甜呢！”

“哭吧！你的眼泪就像最高级的松露，味道真是太棒啦！”

更可怕的是，这个家伙好像还有一些奇怪的同党：温柔得让人想哭的花美男点心师，脾气火爆的酷男主厨，还有一个刻薄冷酷的美食评论家……

这些奇怪的家伙让泰央循规蹈矩的人生陷入了彻底的混乱！

是死心塌地沦为妖怪少年白雪的“情绪点心”提供者，还是找个高人来驱妖？

神啊，请告诉她到底该怎么办吧！

致无尽岁月

T o E n d l e s s T i m e s

安晴 著
AnQing Zhu

哈哈哈！

人见人爱、花见花开的大喇叭又来了！
今天我们玩点刺激的，好吗？

“趣味大测验”，正在进行时！

■ 首先，请跟着大喇叭我闭上眼，深呼吸，自行在脑海里想象一下北极熊、狼、白马、猫、刺猬和孔雀这六种动物的样子，再睁开眼，看看下面的题目，测测看你在别人眼中究竟是哪种个性。

■ 和朋友一起玩“真心话大冒险”时，你不幸被点名，此时给你以下六种选择，你愿意接受哪一种惩罚？

1. 真心话，坦白自己曾经暗恋过谁
2. 真心话，自己总共谈过几次恋爱
3. 真心话，自己最讨厌的人是谁
4. 大冒险，做完所有类型的测试题
5. 大冒险，亲吻身边离得最近的异性，并拍照上传到网络
6. 大冒险，做一个高难度的劈叉动作

1 测试结果：马（参考人物《致无尽岁月》白墨缘）

在异性眼中你就如同一匹温顺的白马。面对爱情时显得很保守，很怕一不小心就伤害到别人，总是处处为别人着想，却忘记为自己考虑。事事考虑周全，但也容易让人留下爱情胆小鬼的印象。

2 测试结果：狼（参考人物《致无尽岁月》慕谦）

在异性眼中你就像一匹狼，很勇猛且不服输，为达目的，不惜一切手段，同时也给人很强硬的感觉。从表面上看，这样的女人缺少了一点女人味，这样的男人则充满了大男子主义。

3 测试结果：刺猬（参考人物《致无尽岁月》白迎雪）

在异性的眼中你就像一只刺猬，总是喜欢竖起全身的刺，动不动就伤害别人。事实上那都是因为你太没有安全感了，很怕自己受到伤害，所以就对人充满戒备。但一旦真正爱上某个人，就会至死不悔。

4 测试结果：猫（参考人物《致无尽岁月》阎怡）

在异性眼中你就如同一只猫。可爱的外表就已经很讨人喜欢，再加上举止优雅、反应灵敏、善解人意，更是让你成为受异性欢迎的对象。你平时显得斯文安静，但跟你相处久之后就会发现，你其实有着非常活跃的一面，对爱情充满热情。

5 测试结果：北极熊（参考人物《致无尽岁月》萧彬）

在异性眼中你就如同一头北极熊，外表冰冷，对周围的人和事通常保持一副不闻不问的态度，有些孤僻。然而一旦遇到心仪对象，就会勇敢地向对方表白，排除万难，用行动向对方证明自己的真心。

6 测试结果：孔雀（参考人物《致无尽岁月》沈珞瑶）

在异性眼中，你就像一只美丽骄傲的孔雀，很容易招来同性的嫉妒。通常拥有很出众的外貌，对待爱情非常谨慎，甚至可以说有洁癖，不会轻易喜欢别人。但其实你很仗义，有一颗包容的心，会为朋友两肋插刀。

大喇叭：小测怡情，可别较真哦！现在赶紧过来瞅瞅大喇叭我千辛万苦从作者大人那里挖掘到的精彩剧情吧！（哦呵呵呵，我是不是很体贴？）

“我要你一辈子都欠着我，这样在以后无尽的岁月里，你会一直记着我，永远也忘不了我！”

——萧彬

“我抢了你的男人，用命赔给你，好不好？”

——沈珞瑶

这世上总有一个人，注定会是你此生所爱。
这世上总有一个人，注定会是为你受折磨而生。
这世上也总有一个人，当他离开后，能让你在此生无尽的岁月里，念念不忘。

霸道的萧彬，就像一头来自冰天雪地里的北极熊，外表冷酷，但一旦动心，就会执着到底；
而默默地守护着阎怡的白墨缘，更像是一匹温顺忠诚的白马，一直到死，都隐瞒自己深爱她的秘密。
如果说阎怡像一只可人的猫咪，轻而易举就得到所有人的万千宠爱，那么白迎雪就像一只刺猬，狠狠地刺伤了所有身边的人。
沈珞瑶则更像一只高傲的孔雀，连死亡都那么决绝和勇敢……

作者大人有话说：写这个稿子可把我害惨了，搞得我一边写一边哭来着（羞涩）。因为这里面有很多关于青春的回忆，有些主角身上可以找到身边一些朋友的影子，所以特别真实，也特别揪心。希望大家会喜欢这个有点悲情的故事。

小编：是啊，这个稿子前后修改了三次，安安总是觉得还可以让它变得更好，于是又回炉，看得出来，她非常看重这个故事。我收到最后一章的时候刚好是12月31号晚上，马上就要迎元旦了，但一直待在电脑边上耐心等着看大结局，结果看完才发现已经凌晨1点多了，自己却哭得稀里哗啦的，满脸都是泪。说起来，身为一个“阅稿无数”的编辑，可不是每个故事都能让我泪花满地流的哦，所以我才敢打包票推荐呢。

小剧场之小学生的逆袭

“陈轩！”

“到！”

一群修行者，正在丹轩小学的教室里排队等候，一个接着一个进行传说当中的期中考试。

此刻，校长史中山叫到了陈轩。

“到陈轩了，到陈轩了。”此刻，听到校长史中山叫出陈轩的名字，人们立即沸腾了。

“听说陈轩是从幼儿园直接跳级升上来的，刚刚修习不到半年，现在都已经有二年级的实力了，十以内的加减，根本难不住他！还听说百以内的加减，他也已经开始涉足，这次期中考试，肯定是难不倒他。”

“是啊是啊，校长也经常夸奖陈轩呢！虽然他才修习半年，但是现在已经有了小学二年级的实力，就算是对上小学三年级的学生，也可以斗一斗，在校长眼中，陈轩可是实打实的天才啊！”

“你们知道吗，据校长说，这次陈轩准备挑战十以内的加减法呢，若他真能从中突破，那么日后前途定当无限啊……”

旁边众小学生们议论纷纷，唯独带着红领巾的陈轩沉默不语，此时，他看着面前的试卷，啃了两下铅笔头，随即开始道出答案。

“一加一等于二。”

“一加二等于三。”

……

“五加五等于十。”

“五加六，等于……”

围观群众纷纷叹息，十以上的加法，是小学一年级初阶突破到中阶的关键，自古以来，不知道有多少惊才绝艳的人，都倒在了这道天堑之前，无法升入中阶。

陈轩刚刚加入丹轩小学，连外门弟子都不是，只是个杂役弟子，要想突破天堑，只能是白日做梦！

然而，就在此关键时刻，陈轩识海中光华大作，混沌异宝“计算器”终于醒来，一道玄之又玄的意念打入陈轩识海！

“十位天堑，给我破！”

终于，在这关键时刻，陈轩的境界突破了！

“五加六等于十一！”

只见天地间无数灵气涌入陈轩体内，正是传说中的境界突破天兆！

围观群众震惊了，要知道加法修炼到十以上，要突破境界，外物已无可助益，只能靠自身悟性突破！纵有数手指秘法，也只能在十以下境界使用！传说中大派真传学子另有一门数脚趾秘术，可以突破到二十以下加法，但那种天级秘传，丹轩小学却是不可能有的！

可不想，陈轩竟然有如此机缘，居然得到“计算器”这一无敌至宝，如此一来，日后就算是突破一百以内的加减法也完全不是难事！

“哼！陈轩，别以为你能突破十位加减法天堑就能得意，有本事就与我较量较量！”

就在众人唏嘘不已之时，一名身穿蓝色校服的男子从人群中走了出来，他看着陈轩脖子上的红领巾，露出一脸蔑视。

看到来人，其他小学生无不面面相觑，因为来人正是毕家的少主毕少玉！

要知道，毕少玉可是传说中“高中生”啊，是比小学生高出了两个等级的存在！从小学修到大学，要过三次大天劫，小天劫不计其数。能修到这个阶层的人都是有大气运的，号称“天之骄子”，以一人之力，足可称霸整个小学！

对于众小学生们的表现，毕少玉感到很满意，他擦了擦别在衣领上的团徽，笑道：“陈轩，你的十以内加减法速算如何能跟我斗？看我用九九大乘法将你击败！”

陈轩不以为意：“少来，你只不过掌握了黄级功法九九大乘法，我可是学成了玄级功法四则运算啊！”

众弟子再度惊诧不已，甚至连校长史中山也向他投来了好奇的目光。

想不到，陈轩不但突破了十以内的加减法，还修成了失传多年的逆乘法——除法！若是他能将加减乘除四则合一，那么即便是面对高中生，也完全可以斗上一斗啊！

听着陈轩这么一说，毕少玉原本蔑视的神情渐渐变得凝重起来，一丝冷汗从他的鬓角滑落，吧嗒掉在了衣服上。

“三九二十七！”毕少玉严肃地看着陈轩，一场乘法最高境界的比拼，也由此展开了！

对于毕少玉的发难，陈轩脸上无波无澜，他以最快的速度将自己的手指头数了四遍，最后淡淡回答：“四九三十六。”

看到这一幕，周围所有的小学生们不禁惊讶得张大了嘴巴，他们怎么也没想到，在如此高境界的数学比赛中，陈轩竟然能在如此短的时间里就得出答案，而且速度甚至比高中生毕少玉还要快上三分！

“五九四十五！”毕少玉的脸色不禁有些苍白，他咬了咬牙，提起真气，再次发动了反击。

然而，陈轩的声音依旧不冷不热：“六九五十四。”

毕少玉怎么也没想到，面对自己的发难，陈轩竟然如此轻易就全接了下来，要知道，此时已经是自己的极限了，若是再强行算下去，他恐怕会气血攻心、暴走课堂！

“七，七九六十……”一丝鲜血从毕少玉的口中流了出来，显然，七乘九的乘法已经超出了他的极限。

“七九六十三，八九七十二……”

趁他病要他命，就在毕少玉指头数不过来之际，陈轩再次爆出两大更高级的数学乘法。

最后，陈轩深深地吸了一口气，用尽毕生功力，大吼而出：“九九八十一！”

九九八十一！想不到，陈轩竟然领悟了九九大乘法的最终形态！

扑通！

在陈轩如此强势的攻击下，毕少玉顿时失去了所有防御，直接吓倒在地。

而陈轩也被一群欢乐的小学生们围在了一起，他们拍着手，跳着舞，唱着歌，欢庆着陈轩的胜利。

“陈轩，以你的成绩，现在完全可以跨级进入初中了！”这时候，丹轩小学校长史中山走过来，对陈轩说道。

陈轩摇了摇头：“不，初中完全不是我的目标，我想要上大学！因为在大学中，有着一本传说中的《吞天决》！”

“《吞天决》？难道就是那本日销售达到千万的大神级巨作？”史中山不禁惊疑。

陈轩点了点头：“是的，《吞天决》是当今世上万年不遇的奇书之一，几何函数、勾股定理、万有引力，各种玄法奥妙皆囊括其中，我若是能有缘得见，日后称霸全国根本不是难事！”

听得陈轩如是说，史中山不禁被逗笑了：“陈轩你有所不知，《吞天决》早就已经对外发售了。它共分十卷，每当销量积累到一定程度就会有神秘人推出新的一册。现在第七册限量精装版马上要上市了，书籍做工精美，价格还不贵，你还是赶紧买上一本限量版《吞天决》，先学为快吧!”

陈轩闻言，眼前立即一亮，随即从裤兜里翻出小电脑，登上了支付宝……

三天后，《吞天决》如期送达陈轩手中，陈轩如获至宝，终日苦读，最后终于成为了一代宗师……

2015年6月20日至7月20日

互动有奖调查表

姓名： 年龄： 性别： 电话：
地址：

欢迎来到魅丽优品的新书新貌新世界！全新的改版，浪漫、诙谐、有趣，种种不同的新书预告和介绍，以多彩多姿的面貌呈现在你的面前。在未来的一年里，我们将持续且创新地在每本书后推出各种精彩新书专栏和展示不同内容，如果你喜欢我们精心创作的这份随书附赠的小小礼物，就请回复我们来支持我们吧。

你的最爱

1. 本期新书预告专栏中，你最爱的栏目是？（多选题，请在最喜欢的几个栏目后打√）
新秀街 疯狂游乐场 老友记

2. 本期新书预告专栏中，你最爱的新书是？（请根据你喜欢的栏目内容标明你喜欢的3本新书）

____

____

____

3. 本期新书预告专栏中，你最喜欢的作者按顺序是？（请列举三位）
__________、__________、__________

4. 本期的图和文字，你更喜欢哪一种？（二选一，在选项后打√）
图画排版 文字内容

线下投票：

填好以上表格，将它寄回魅丽优品的大本营：
湖南省长沙市开福区黄兴北路89号上城金都南栋21楼 魅丽优品 市场部 收

你100%有机会得到我们送出的礼品一份。

线上投票：

如果不想寄信，你可以登录我们的微博和微信进行投票，也有机会得到我们送出的新书一本哦。快来扫一扫，进行线上投票吧！

魅丽优品微博二维码

魅丽优品微信二维码

瞳文社微博二维码

瞳文社微信二维码